SHY NOVELS

家族になろうよ

月村 奎

イラスト 宮城とおこ

CONTENTS

家族になろうよ

1

十二月の空は東京には珍しい曇天で、まだ夕暮れ前なのに薄暗かった。

リクルートスーツに身を包んだ北爪空《きたづめそら》は、自転車をこぎながら手袋を忘れたことを後悔していた。グリップを握る指先はすっかり血の気を失って凍てついていた。痩せて肉付きの薄い身体は、ただでさえ体温を奪われやすい。冷気に触れた頬や耳はもちろん、スーツの下の身体も冷え切っていた。

身体だけではない。心の内は、さらにしんと冷えていた。

先ほどまで身を置いていた合同企業説明会の張りつめた空気を思い出すと、将来への不安が喉を塞ぐようにじわじわと襲ってくる。

大学三年のこの時期、就活への不安は誰もが抱いているものだが、空にとっては人一倍切実だった。今住んでいるアパートは学生限定だし、頼れる身内もいない。卒業すれば丸裸で社会に放り出されることになる。

いや、丸裸ならまだいい。卒業とともに奨学金のローン返済が始まる。就職できなければ大変な状況に陥《おちい》ってしまう。

極貧の中、幼い頃に母を、ついで十四で父を病気で亡くし、親戚の家と施設を往き来して育った空は、経済的には恵まれなかったが、成績は比較的よく、親戚も施設の先生も、大学への進学を勧めてくれた。学費を払うのは大変だが、将来的には学歴が身を助けてくれるという助言だった。

学生生活は思いのほか物入りだった。生活費もすべて自力で捻出するためにバイトを掛け持ちする生活は本分の学業にも影響を及ぼし、卒業単位はなんとか足りているが、成績は微妙なもので、それもまた就活への不安材料だった。

景気は上向き始めているとはいえ、まだまだ厳しい状況ではある。空がメインのバイトにしていた居酒屋も先週閉店が決まり、就活どころか目先の生活費にすら不安を感じているところだ。

今となっては、大学に進学したことが本当に意味のあることだったのか懐疑的になってしまう。バイトに追われて、サークル活動に参加する余力もなかったし、親しい人間関係も構築できなかった。自宅通学のごく普通の友人たちを見ていると、いろいろなことにいっぱいいっぱいな自分がひどく惨《みじ》めに感じられた。

それをハングリー精神に置き換えれば、就活へのモチベーションになるのだろうが、空には奨学金返済以外に将来への野心のようなものがひとつもなく、これから先の人生をなんのために生きていけばいいのかわからなかった。たとえば恋人でもいれば、また違ったのだろうか。誰かとの未来のために、頑張ろうと思えたのか。

だが空には自分の将来が見えない。自分が絶対に家庭を築けない人間だということがわかっているから。

そんなことをぼんやり考えながら、信号のない交差点を勢いよく左折したときだった。

いきなり視界に中年の男性の姿が飛び込んできた。

咄嗟《とっさ》に通りの真ん中に向かってハンドルをきったが、相手も空の自転車をよけようと同じ方向に身体をずらした。道を譲ろうと同時に同じ方向に動いてしまうのはありがちなことだが、いかんせん空の自転車はスピードが出ていた。

指がかじかんでいるせいでブレーキ操作が遅れ、なんとかさらに右によけたものの、肘が相手の腕に当たってしまった。

慌てて振り返ると、男性は路上に転倒していた。商店街から一本わきに入った通りは、たまたま人通りがなかった。このまま逃げてしまおうかという悪魔の囁《ささや》きが一瞬脳裏をかすめる。

しかしすぐに良心の呵責《かしゃく》に負け、空は自転車を放り出して男に駆け寄った。

「大丈夫ですか？」

男はのろのろと身体を起こした。

「大丈夫大丈夫。いや、びっくりしたな」

人のよさそうな男だった。白髪交《しらが》じりの髪は清潔に整えられ、笑うと目じりにやさしそうなしわができる。

その笑顔にほっとしたのもつかの間、右手でかばうように押さえた左の手首が変色して腫《は》れ上《あ》がっているのが目に入り、空は動揺した。

怪我《けが》をさせてしまったことを申し訳なく思いながらも、相手を心配する気持ちよりもわが身の心配の方が大きいというのが正直なところだった。

このタイミングでこんな事故を起こすなんて、ついてないにもほどがある。警察沙汰になれば、就活にだって影響するかもしれない。

目先の問題として、治療費や損害賠償を請求されたらどうしよう。学生生協が窓口の任意の学生保険に加入していれば賠償保険金がおりたはずだが、一円のやりくりにも苦労している空は、加入していなかった。

貧しくても心だけは美しくあれ、というようなことを施設の先生に再三教えられてきた。だがそんなきれいごとは所詮《しょせん》机上の空論だと思う。貧しさは心を荒《すさ》ませ、人を思いやる余裕を奪う。

どうして自分の身にばかり悪いことが起こるんだよと恨んでも、一瞬の不注意を悔いても、起こってしまったことはもうどうにもならない。

「すみません、すぐに救急車を呼びます」

男に声をかけ、空は震える指で携帯を取り出した。

画面に触れた指の上に、不意に男が傷《いた》めていない方の手を被せてきた。

「大丈夫だよ。ちゃんと動くし、折れちゃいない」

男の視線が、空の服装をなぞるように上下する。

「きみ、就職活動中の学生さんだろう？　救急車なんか呼んで、差しさわりが出たら困るよ」

本音を読まれたのかとどきりとする。狼狽《ろうばい》する空の手を、男は重ねた手のひらでさすった。

「氷みたいじゃないか。顔も真っ白だよ。大丈夫？」

逆にあれこれ心配されてしまう。

「大事な時期に風邪でもひいたら大変だ」

息子でも気遣うようなその口調。ちょうど空の父親くらいの世代なのだろう。

被害者でありながら空の心配をしてくれる相手を見ていたら、加害者のくせに自分の心配ばかりしている心の醜さに心底嫌気がさした。

空は男に向き直り、真摯《しんし》に言った。

「やっぱり救急車を呼ばせてください」

「いらないよ」

「でも」

「じゃ、うちまで送ってもらえるかな。すぐ近くなんだ」

「……わかりました」

空は男を助け起こし、自転車をひいて男の傍《かたわ》らを歩いた。

穏やかな口調で名前や歳《とし》を訊ねられ、それに答えると、相手も世間話のような気さくさで自己紹介をしてくれた。名前は堤《つつみ》昭介《しょうすけ》。六十二歳。この近所の商店街で家族と定食屋を営んでいるという。

昭介の言う通り店はそこから目と鼻の先で、自己紹介をしあっているうちに着いてしまった。

定食屋というから、暖簾《のれん》のかかった和風のたたずまいを想像していたが、店はトリコロールのひよけがかかったかわいらしい洋風の建物だった。ひよけには『あかね亭』と店名がプリントされている。下が店舗、上が自宅になっているようだ。

騒動にしないでくれた気のいい男の心遣いにほっとしながら、空は店の前に自転車を停《と》めた。手首を傷めている昭介の代わりに『準備中』の札がかかったドアを開ける。

ドアベルが賑やかな音を立て、カウンターの向こうにいた背の高い若い男がこちらを振り向いた。

切れ長の二重の目に、シャープな頬のライン。一文字に結ばれた唇。整った顔立ちだが、その端整さよりも強面《こわもて》な印象の方が勝り、空は緊張で背筋を強張らせた。

「紹介するよ」

空の緊張をよそに、昭介はにこにことのどかに二人を引き合わせた。

「こちらは北爪空くん。あのなりの大きいのは息子の隼人《はやと》」

隼人はカウンターから出てきて、眉間《みけん》にしわを寄せて空を見下ろしてきた。昭介の穏便な対応にほっとしたのもつかの間、息子はその顔つきからしてそう簡単にことを収めてくれないのではないかと思えた。警察沙汰や賠償金への不安が再び空の脳裏をよぎる。

しばらくじっと空を眺めたのち、隼人は胡乱《うろん》な視線を昭介に向けた。

「俺より若いよね？」

「大学三年生だそうだ」

「うわ、七つも下じゃん。しかも男だよね？」

「うん、どう見ても男の子だと思う」

隼人は腕を組んでしばし考え込む顔になる。やがて意を決したように口を開いた。

「母さんが亡くなって四年だし、いい人ができたら紹介してくれっていつも言ってるけど、俺より年下っていうのはどうなんだよ。しかもいくら美人でも、男って」

隼人が何を言っているのか理解できずに困惑する空の横で、昭介が噴き出した。

「なにバカなことを言ってるんだ。彼は通りすがりの大学生で、怪我をした私を送り届けてくれただけだ」

「は？」

「大学生の男の子が後妻候補だなんて、どうしたらそんな勘違いができるんだ」

笑い転げる昭介に、隼人は面食らったような表情になる。

「だっていきなり正装した相手を連れてきて『紹介する』なんて言うから」

「面白すぎるよ、隼人は。これは早速かなえに報告しないと」

「ちょっ、やめろよ」

「いやぁ、傑作だ」

「いい加減にしろよな」

きまり悪げに口を尖《とが》らせ、父親とやりあう隼人の表情は、そのクールな相貌が醸《かも》し出《だ》す第一印象とはだいぶ違った。

「怪我って、どうしたんだよ」

「ちょっと転んで左手をひねった」

「申し訳ありません。僕が不注意で自転車をぶつけてしまって」

空はそろそろと会話に割って入り、頭を下げた。

「え、怪我はなかった?」

驚いたような口調で隼人が問いかけてくる。だから、さっきから昭介さんが自己申告してるけど、聞いていなかったのだろうかと怪訝《けげん》に思いながら顔をあげると、隼人は空の頭の先から足の先へと探るような視線を走らせていた。驚いたことに、加害者である空の怪我の心配をしてくれているらしい。強面かと思いきや、人のよさは父親の昭介譲りのようだ。

「僕は全然大丈夫です。それよりお父さんが……」

「またぼけっと考え事しながら散歩してたんだろ?」

隼人は呆れ顔で昭介の手の怪我を検分した。

「派手に腫れてるけど、折れちゃいないみたいだな」

それから空の方を振り返る。

「隠居老人はともかく、そのスーツが初対面のための正装じゃないとすると、就活生だよね? きみに怪我がなくてよかったよ」

ふわっと笑うと、端整な顔にくつろいだ温かみが生まれる。胸がどきんとするようなその笑顔を前に、空は当惑を禁じ得なかった。

親子して、どうしてこんなに人がいいのだろう。詰《なじ》られて当然のことをしてしまったというのに。

「北爪くんに何か温かいものを淹《い》れてやってくれ。冷えきって氷みたいになってるから」

「ＯＫ」

親子の会話に、空は慌ててかぶりを振った。

「とんでもないです！　それより早く病院に行ってください。治療費はこちらに請求していただけますか」

空は財布から身分証明書がわりの学生証を取り出した。

隼人は笑ってそれを押し返してきた。

「律儀な子だな。育ちの良さがにじみ出てる」

見当はずれな買い被りに戸惑う。両親を亡くしてから不安定な生活を送ってきた自分のどこを見て育ちがいいなどと言えるのか。さっきだって、本当は当て逃げしようとしたくらい最悪な性格なのに。

「本当に冷たい」

学生証ごと大きく温かい手に指先を握りこまれて、心臓が跳ね上がった。

「コーヒーとココア、どっちがいい？」

「いえ、ホントに僕は……。このあと急ぎの用事があって」

用事などなかったが、あまりにもいい人たちと同じ空間で呼吸をしているのが息苦しくなって、空は咄嗟に嘘をついた。

「用事があったの？　それはすまなかったね」

昭介に申し訳なさそうに謝られて、ますます罪悪感が募る。

「いえ……」

「ちょっと待ってて」

言い置いて奥に引っ込んだ隼人は、すぐにダウンジャケットと手袋を手に戻ってきた。

「今日は特別冷えるから、そんな格好で自転車は厳しいよ」

「でも」

戸惑っているうちにダウンを羽織らされ、子供のように手をとって手袋をはめられた。

「引き留めて悪かったね」

「今度ゆっくりお茶しにおいで」

親子に笑顔で見送られ、隼人はぎくしゃくと善人だらけのワンダーランドをあとにした。

外は相変わらずしんしんと冷えていたが、借り物のダウンと手袋のおかげでもう寒さは気にならなかった。

自分の服とは違う匂いがするサイズオーバーのダウンに身を埋《うず》めて、ゆっくり自転車をこぎながら、空は状況を反芻《はんすう》した。結局、賠償金どころかひとことの文句も言われず、逆に気遣いをもらってしまった。世の中にはあんな人たちもいるのか。

警察沙汰にされなくてよかったと安堵したせいか、冷静にさっきの会話を思い出すことができた。

空を父親の交際相手だと勘違いしたときの隼人の顔を思い出すと、思わず笑ってしまう。あんなにクールで端整な顔で、そんな突拍子もない思い違いをするなんて。

こみあげてくる笑いを嚙み殺しながら、空はふと思った。

作り笑いではなくて、自然にこんなふうに笑ったのは、どれくらいぶりだろう、と。


昭介の見舞いと、借りたジャケットを返すために空が再びあかね亭を訪ねたのは、その三日後のことだった。

午後の最後の講義を受けたあと、空は自転車であかね亭へと向かった。五時を過ぎて、あたりはもう真っ暗だった。

あかね亭には営業中の札がさがり、窓からオレンジ色の明かりが漏れていた。店の前の、明かりに照らされた路上に子供が二人しゃがみこんで、チョークで路面に絵を描いていた。空が自転車を停めると、女の子がぱっと立ち上がり、「いらっしゃいませ」と歯切れよく言って笑みを浮かべた。

ツインテールの似合うアイドルのようにかわいらしい少女は、客商売の家の子供らしく人馴れしている。隼人の子供だろうか。

そうか、子持ちだったのかと、がっかりしている自分に驚いた。がっかりする意味がわからない。空の人生とはなんの関わりもない相手なのに。

窓から中を覗くと、隼人とその妻らしき女性が忙しそうに立ち働いているのが見えた。営業時間中に訪ねたりしたら邪魔になってしまうのではないか。ここは出直すべきだろうか。

「どうぞ」

躊躇《ためら》って立ち尽くす空を、自分が邪魔で通れないと思ったのか、男の子が立ち上がって道を譲ってくれた。面差しがよく似た姉弟《きょうだい》だ。男の子の方が少し年下のようだった。

「ごめんんね。僕はお店の客じゃなくて、ちょっとおうちの人に用事があって……」

「どちらさまですか？」

少女が大人びた口調で訊ねてくる。

「北爪といいます」

空が名乗ると、少女は黒目がちの大きな目をきらきら輝かせて、店のドアを勢いよく開けた。

カランカランと鳴り響くドアベルの音を打ち消すような声で、少女は叫んだ。

「ママー、じいじの彼女の空ちゃんが来てるよ！　ちょーイケメン！」

空はびっくりして「え？」と固まった。そんな空を面白そうに男の子が見上げている。

「こら、ひな！」

どこか笑いを含んだ声で少女を叱責する女性の声がして、そのあと声の主が顔を出した。ボブカットの似合う明るい印象の女性だった。隼人より少し年上に見える。

「ごめんなさいね、娘が失礼なこと言って。どうぞ、お入りください」

「お忙しい時間にすみません。北爪といいます。先日、お父さんに怪我をさせてしまって」

「はいはい、聞いてます」

頷いて、女性はプッと噴き出した。

「隼人があなたのことを父の交際相手と間違えたんですって？　隼人ってば顔に似合わず天然で困っちゃうわ。子供たちももう大ウケしちゃって」

「姉貴、その話はもういいから」

背後から隼人が決まり悪げに顔を覗かせた。

姉貴？　夫婦ではないのだろうか？

怪訝そうな空の視線に気付いてか、女性は自己紹介してくれた。

「隼人の姉のかなえです。そこでちょこまかしてるのは、娘のひなたと息子の佑太《ゆうた》」

「小学五年生です」

ひなたがはきはきと補足してくれる。

「オレは三年二組二十一番！」

佑太も大きな声で組分けや出席番号まで教えてくれた。

「北爪くんは佑太の個人情報には興味ないと思うぞ」

隼人が笑いながら言って、空を「どうぞ」と中に促した。空はその場に立ったまま、忙しい時間に来訪してしまったことを詫《わ》び、借り物一式と菓子折りを差し出した。

「先日は本当にすみませんでした。お父さんのお加減はいかがですか」

「こんな気遣いしてもらわなくてもいいのに」

隼人は菓子折りに苦笑いする。

「怪我は捻挫《ねんざ》で、全然たいしたことなかったよ。今日だって元気に町内会の寄り合いに出かけているくらいだから。とにかく入って」

「入って入ってー」

子供たちに背中を押されて、否応《いやおう》なしに明るい店内へと押し込まれた。

「いえ、治療費だけお支払いして、すぐに失礼します。お店も忙しいでしょうし」

「大丈夫だよ。まだ時間が早いし、客ってほどの客もいないから」

あっけらかんと言う隼人に、テーブル席で談笑していた四人組の客の一人が振り返った。

「悪かったな、客ってほどの客じゃなくて」

「そう思うなら、営業時間前から入り込んで勝手に飲み始めるのやめろよ」

隼人の突っ込みに、テーブル席から笑いが起こる。どうやら親しい間柄のグループらしい。

「どうぞ」

かなえににこやかにテーブル席を勧められて、「とんでもない」と辞退したが、またしても子供たちに椅子に押し込められてしまった。ひなたも佑太も同じテーブルについて、興味津々に空を眺めてくる。

「空ちゃん、大学生なんでしょう？　いいなー、大学生。合コンとかしちゃうんでしょう？」

目を輝かせたひなたに問われ、どこからつっこめばいいのかと空は苦笑いする。初対面の子供からいきなり『空ちゃん』呼ばわりされたことに動揺し、小五にしてすでに女の子は合コンなんかに憧《あこが》れるものなのかと驚いてしまう。

佑太が「ケッ」という表情をして、空の方に身を乗り出してきた。

「合コンなんてちょーつまんなそう。それよりでっかい消しカスだんご作る方がぜんぜん楽しいよね？」

「……消しカスだんご?」

空が聞き返すと、佑太は目を丸くした。

「消しカスだんご作ったことないの? 消しゴムのカスを粘土みたいにねって丸めるんだよ。うちのクラスの真《しん》ちゃんなんて、こんくらい大きいやつ持ってるんだよ。ちょーかっこいいんだ」

「バカみたい。きったないだけじゃない」

「消しカスだんごのミリョクがわかんないから、おねえちゃんは男子にモテないんだよ」

「はぁ? あんたこそ、そんなきったないもの作ってるから、女子にモテないんじゃん」

「うるさいブース」

「チービ」

なんとも平和な姉弟げんかに割って入るべきか否か悩んでいると、隼人がトレーを持ってやってきて、空の前に湯気のあがったカレー皿とサラダを並べた。面食らっているうちに、子供たちの前にもカレーが置かれる。

「今日は特別に、店で夕飯食っていいぞ」

「やったー!」

「わーい!」

早速スプーンを手に取る子供たちを尻目にうろたえていると、隼人が笑いかけてきた。

「賄《まかな》いのカレーだけど、どうぞ」

「いえ、あの、僕はお借りしたものを返しに来ただけで。それと治療費を……」

「お見舞いなら、さっきありがたく頂いたよ」

「そんな……」

カウンターに置かれた菓子折りを目顔で示されて、空は当惑した。こんなことなら、もっと大きな箱にすればよかった。ぎりぎりの生活をしているせいで、つい出費を抑えようとしてしまう自分の貧乏たらしさが恥ずかしくなる。

「あ、いいこと考えた」

賑やかなテーブル席に料理を運んでいたかなえが、目を輝かせて戻ってきた。

「そんなに罪悪感を感じてくれてるなら、お父さんの手が完治するまでうちでバイトしてくれない？」

「え？」

「私は会社勤めしてるから、ここを手伝える時間にも制約があるのよ。北爪くんにバイトで入ってもらえたら助かるわ」

思いがけない申し出に、空は目を丸くした。

「いきなり何言ってるんだよ。北爪くんは就活で忙しいんだぞ」

窘《たしな》めにかかる隼人に、空はかぶりを振ってみせた。

「バイト先の居酒屋が閉店になっちゃって、新しいバイト先を探していたところだったんですけど……」

おずおずと打ち明けると、隼人はぱっと顔を輝かせた。

「マジ？　じゃ、明日からでもぜひ来てよ」

瞬《また》く間《ま》に、空の新しいバイト先が決定してしまったのだった。

2

「ありがとうございました」

ランチタイムの最後の客を送り出すと、空《そら》は手早くテーブルを片付け、流しにたまった汚れ物を手際よく洗い上げていった。

「疲れただろ？　休憩にしよう」

賄《まかな》いのホットサンドを切り分けて、隼人《はやと》が声をかけてくれる。

「ありがとうございます。洗い物を終わらせたらいただきます」

手を止めない空に、隼人は笑みを浮かべた。

「激安のバイト代でそんなに働いてもらったら申し訳ない気持ちになるよ。いつも本当にありがとな」

「そんな……」

礼など言われて、空こそ申し訳ない気持ちになる。働かせてもらって助かっているのは空の方だし、そもそも今までバイト先でそんなふうに労《ねぎら》いの言葉をかけられたこともなかった。

あかね亭でバイトを始めて半月ほど。その間に堤《つつみ》家《け》の事情もいろいろと見知ることとなった。

親子二代でやっているのだと思っていたあかね亭の店主は実は隼人の方で、昭介《しょうすけ》は繁忙期の手伝い程度の役割らしい。もともと隼人は商社で会社員をしていたそうだが、あかね亭を切り盛りしていた母親が体調を崩したのを機に会社を辞めて店を手伝うようになり、母親の他界後に店を引き継いだのだという。

今現在、就活の只中《ただなか》でもがいているせいで、誰もが名を知る有名商社をそんなふうにあっさり辞めてしまうなんてと、そこにびっくりしてしまう。空が逆立ちしても絶対に内定などもらえない大企業だ。正直、この小さな定食屋を継ぐよりも、安定した会社勤めを続けた方が、隼人のためにも親孝行的にもよかったんじゃないかなどと、余計なことを考えてしまう。

だが、有名商社の内定も、家業を継ぐための退職も、空には絶対に無理なことだけに、隼人の生き方にはなんとなく憧《あこが》れと尊敬の気持ちを抱いた。

昭介は元新聞社勤務で、定年後の現在は新聞や雑誌にコラムを寄稿しているらしい。在宅のデスクワークの傍《かたわ》ら、息子の仕事を手伝っているのだという。

かなえは三年前に離婚して実家に戻り、働きながら二人の子供を育てている。

隼人が食器を拭《ふ》き始《はじ》めたので、空は慌てて止めた。

「僕がやりますから、隼人さんは休憩してください。このあと夜の分の仕込みもあるんだし」

「さっさと終わらせて一緒に休憩しようよ。それにしても北爪《きたづめ》くん、手際がいいよな」

初対面の強面《こわもて》な第一印象は、つきあうほどにどんどん薄れていく。元営業マンは愛想がよく、なにかとこうして褒《ほ》めてくれる。

「前のバイトも飲食関係でしたから」

隼人の親切をくすぐったく感じながら、空はぼそぼそと応じた。

「それにしても、年末ぎりぎりまで仕事入れてもらっちゃって、大丈夫？　帰省とかいいの？」

残りあと二日の日めくりカレンダーに目をやって、隼人が訊ねてくる。

「大丈夫です。帰省する先もないので」

「あれ、北爪くん一人暮らしじゃなかった？」

別に隠すつもりではなかったが、あえて話す必要もないと思っていたことを、空はなるべくさらっと口にした。

「両親を早くに亡くして、施設で育ったんです」

一瞬目を丸くしたあと、隼人は気まずそうに「悪い」と呟いた。

「全然。気を遣わないでください。別に天涯孤独っていうわけじゃなくて、親身になってくれる叔父夫婦もいて、子供のころから長期の休みはそこに帰省して、普通に楽しく過ごしてたし」

嘘ではない。空が帰省したときの叔母の歓待ぶりは、いつもたいしたものだった。

それにしても、生い立ちを口にしたときの相手の同情や憐憫《れんびん》の表情を見ると、いつも申し訳なく、そして密かにわずらわしく感じる。

空自身は、自分がことさら不幸だとは思っていない。テレビドラマで見たバブル期の大学生みたいな世界だったら、少しは自分の身の上を憐《あわ》れんだかもしれないが、今は空がいたたまれなさを感じるような恵まれた学生はむしろ少数で、奨学金頼みの学生も、同じ学科内だけでも複数いる。

「じゃ、今年もそこに帰省するの？」

「いえ、大学生になってからは帰ってないです」

このところは、ごくたまに叔父と近況報告のメールをやりとりする程度だ。

一通り片付けを終え、二人でホットサンドを頰張っていると、奥からひなたと佑太《ゆうた》が顔を出した。

「空ちゃん、仕事終わった？」

「遊ぼうよ」

子供たちは左右から空の腕を引っ張る。

「こらこら、北爪くんは休憩中なんだから」

隼人に窘《たしな》められ、二人は口を尖《とが》らせた。

「つまんなーい」

「じいじもお仕事だし」

冬休み中の二人は、退屈しきっているようだ。

「何して遊ぶ？」

空が応じると、子供たちの目はきらきらと輝いた。

「空ちゃんの手相見てあげる。手、貸して」

「ダメだよ。空ちゃんはオレと消しかすだんご作るんだから！」

「ここに来るとモテモテだな」

思わず笑ってしまう。施設にいたころ、空はあまり周りと関わらない子供だった。この歳《とし》になって、こんなに子供になつかれるとは思ってもいなかった。

右手で消しカスを製造しながら、左手をひなたに委《ゆだ》ねる。ひなたは少女マンガ誌の付録の『占い&おまじないブック』とやらと首っ引きで、空の手相をじっと見つめる。

「ええとね、空ちゃんは愛情運に恵まれないタイプみたい」

大真面目に言うひなたに、隼人がコーヒーにむせ返った。さっき生い立ちを知ったばかりで、子供の悪意のない無邪気さに動揺したらしい。

「なに適当なこと言ってるんだよ。貸してみ」

ひなたの手から、ぐいっと空の手のひらを奪い取って、指をそらせてじっと見入る。

「ほら、ここにちゃんと線が入ってるじゃん」

「えー、ひなには見えないよー」

ごつごつした大人の男の手に触れられて、空は落ち着かない気分になった。

自分の恋愛対象が同性だと自覚したのは、中三のときだった。施設の若い職員に好意を抱いたのがきっかけだった。

いろいろなことを諦《あきら》めて生きながらも、まだ自分の身に起こる奇跡を信じられる歳だったのかもしれない。空は相手に胸の内を打ち明けた。

ありがとう、と言ってくれた。でも、それはきっと一時の気の迷いだよ、と続いた。空が否定すると、相手は諭すように言った。ここで暮らすきみたちはただでさえ生きづらさを感じているはずだ。きみが抱いているような気持ちは、さらにその生きづらさを増幅させるだけだよ。だから、迂闊《うかつ》に同性にそういうことを言わない方がいいよ、と。

空の告白をわずらわしく感じたのかもしれないし、本気で将来を心配しての親身なアドバイスだったのかもしれない。今思えば、嫌悪感をあらわにされなかっただけまだよかった。いずれにしても空の初恋はそれで終わり、同性への恋心は禁忌だという罪悪感だけが残った。

今は、あんな告白をしたことを悔いている。叶うはずがないのに。二十年ちょっと生きてきて、自分と同じ性指向の人間に会ったことなど一度もない。誰かを好きになったところで、相手はそもそも同性など論外に決まっているのだ。恋心なんて、抱くだけ無駄。

頭では十分わかっているのに、こんなふうに手を握られたりすると、不覚にも胸が逸《はや》り、そんな自分の不毛なときめきが疎《うと》ましかった。

別に隼人に恋愛感情を抱いているわけではない。一般的な男なら、意中の相手ではなくてもきれいな女子に手を握られたら、きっとこんな気持ちになるはず。それと同じ、単なる本能的な反応だと自分に言い聞かせる。

「……あの、痛いです」

指をそらすように握られた手を、空はそっとひっこめた。

「あ、ごめん」

隼人は屈託なく笑う。

「じゃ、今度は血液型占いね。空ちゃん何型？」

「ＡＢ型」

「んー、今月のＡＢ型は、勉強運が超アップだよ。ラッキーカラーはピンクだって」

「ピンクのものは持ってないなぁ」

「じゃ、ひなのピンクのシャープペン、貸してあげようか」

そこに佑太が割って入る。

「血液型占いなんて、当たるわけないじゃん。同じ血液型のやつがみんな同じ運勢とかありえないし」

「佑太はあっち行ってて」

「おねえちゃんがあっち行けよ。オレは空ちゃんと消しカスだんご作るんだから！」

毎回姉弟げんかを繰り広げている二人だが、いつもぴったりとくっついて離れない。兄弟のいない空には、ケンカするほど仲がいい典型のような二人が微笑ましく羨《うらや》ましい。

奥からうーんと伸びをしながら、昭介が出てきた。

「何を大きな声を出してるんだ」

「じいじもお仕事終わった？　一緒に消しカスだんご作ろうよ！」

佑太が飛びつき、

「親父《おやじ》もコーヒー飲むだろ？」

隼人が声をかけて、身軽く昭介の分のコーヒーを用意した。

「手、大丈夫ですか？」

空が声をかけると、昭介はサポーターを巻いた手をグーパーと動かして笑った。

「もうほぼ完治だよ。心配いらない」

「じいじのラッキーカラーはオレンジだよ」

「ねえ、消しカスだんごでギネスにのれると思う?」

食べ物とコーヒーの匂いが漂う店の中に、子供たちの他愛もないエンドレスのはしゃぎ声が響く。

ここはまったくワンダーランドだ。テレビのホームドラマの世界。空にとって今までもこれからも縁がない、普通の家族の風景。

羨ましいようなわずらわしいような、自分でもよくわからないないまあたたかい空気の中で、空はコーヒーを飲みながらぼんやりと家族の団欒《だんらん》を眺めた。


大晦日《おおみそか》まできっかり営業したあかね亭で、閉店後の後片付けを終え、帰り支度をしていると、隼人がエプロンを外しながら声をかけてきた。

「このあとどうするの?」

このあとの意味がわからず、空は戸惑いながら答えた。

「ええと、帰って、風呂に入って寝ます」

空の答えに隼人は笑う。

「じゃ、うちで年越ししていけば?」

「……ここで?」

聞き返しつつ、もしかして気を遣わせたのではないかと焦る。この間、一人暮らしで帰省する家もないなんて言ったから。

嘘でも友達と初詣《はつもうで》に行くとかなんとか言っておけばよかったと焦っていると、隼人が奥に向かって声をかけた。

「北爪くんお泊まりだぞ」

「いえ、あの……」

辞退の言葉を口にする前に、奥から太鼓の乱れ打ちのごとく足音が近づいてきて、ひなたと佑太が顔を覗かせた。

「空ちゃん泊まれるの?」

「やったー! ねえ、ゲームやろうよ」

子供たちに引っ張られて、空はプライベートスペースへと引きずり込まれた。

居間のテーブルでビールを飲んでいた昭介が、「北爪くんも一緒に飲むかい」とグラスを取りに立つ。

仕事から戻ったばかりらしいかなえが、外出着にエプロンをかけて「狭いところだけどどうぞ」と空に微笑みかけた。

「いえ、突然泊まりなんてご迷惑だし……」

「むしろ助かるわ。仕事あがりに悪いんだけど、ちょっと手伝ってもらってもいいかしら？」

「だめだよー、空ちゃんはひなたちと遊ぶんだから」

「ちょっとだけよ。そこのメモの材料を、全部ミキサーに入れておいてくれる？　わ、お鍋ふきこぼれてる！」

かなえはあたふたとキッチンに飛び込んでいった。テーブルの上には、重箱が広げられている。どうやらおせち料理を作っているらしい。

これはいったいなんの材料なのかと首を傾《かし》げながら、空はメモを頼りにテーブルの上に用意された材料をミキサーに入れていく。卵に砂糖、みりん、はんぺん。ミキサーをがーっと回すと、ホットケーキのたねのようなどろりとした液体になった。

「ありがとう」

キッチンから戻ってきたかなえが、それを天板に流してまたキッチンへと引き返す。

「いきなりこき使われちゃってる？」

遅れて店から戻ってきた隼人が、笑いながら空に奥を指さした。

「とりあえず風呂入っておいでよ」

すかさず佑太が割って入ってきた。

「オレも一緒に入る！」

「佑太はもう入ったんだろ?」

そう指摘されたパジャマ姿の佑太は「もう一回入る」と言い張ったが、空は「ごめんね」とやんわり拒んだ。

「お風呂は一人でしか入らないんだ」

「なんで?」

無邪気に佑太が訊ねてくる。ゲイだから、なんて正直な告白はとてもできない。こんな小さな子供に、性的な興味を持つことは絶対にないし、ここにいる誰も空の性指向を知らないのだから、一緒に入ってもなんの問題もないはずだ。それでもやっぱり空の中の倫理観はそれを受け入れがたく思う。

「なんでとか訊くの、失礼だよ」

年上だからか、女の子ゆえの気遣いか、ひなたが佑太を窘めた。

「えー、どうして?」

「誰かとお風呂に入るのがいやなひともいるんだよ」

「おねえちゃんみたいに、おっぱいがぺったんこで恥ずかしいとか?」

「うるっさいよ、チビ!」

ひなたがムキになって反論したのが面白かったのか、

「チンチンに毛がボーボーだからとか?」

佑太はいかにも小学生の男の子らしいテンションで下ネタを連発する。

「いや、それは自慢していいところだから」

隼人が噴きながらコメントして、佑太を逆さずりにし、ひとしきり嬌声《きょうせい》をあげさせたあと、

「トランプしようぜ。用意しておいて」

子供たちの注意を逸らして、空を奥に促した。

「俺のでよかったら、シャツと新品の下着を出しておくから。ゆっくりどうぞ」

やっぱり帰りますと言い出せないまま、空は他人の家の風呂を使うはめになる。

ゆっくりと言われても落ち着かなくて、温まりきらないままそそくさとあがる。隼人が用意してくれた服を身に着けて廊下に出ると、なんともいえない、いい匂いが漂ってきた。

「あの、お風呂お先にいただきました」

居間に声をかけると、

「空ちゃん、いいタイミング!」

ひなたが嬉しそうに手招きする。

かなえがクリームなしのロールケーキのようなものが載った皿を「ジャーン」と効果音付きで空の前に差し出した。

「さっき北爪くんが手伝ってくれたの、焼きあがりました」

年末のスーパーでしか見かけないその食べ物の名前を思い出すのに、数秒かかった。

「……伊達巻《だてまき》？」

「そう」

「ねー、食べたい食べたいー」

「オレもー！」

「うーん、まあ食べたいときが美味しいときよね」

かなえはふふふと笑って、まだ湯気の立つうず巻にナイフを入れた。どうぞと勧められて、断るのも失礼かと思い、一切れ指でつまむ。

子供たちはあっという間に一切れ平らげ、「美味しい」「もっと！」と大はしゃぎだ。

空もおそるおそるうず巻を口に運んだ。一口食べて、目を見開く。

「美味しい」

「ホント？」

「正直、伊達巻苦手だったんですけど、これはすごく美味しいです。あっさりした甘みで、ふわふわで。家で作れるものなんですね」

「気に入ってもらえてよかった。これ、お母さんのレシピなの」

隼人と昭介も一口食べて「これこれ」と頷き合う。焼きたての伊達巻は、あっという間に六人のお腹《なか》に収まってしまった。

「甘いの食べたら、しょっぱいのも食べたくなっちゃった」

「きんぴらつまんでもいい？」

子供たちは、まだ詰めかけの重箱を覗き込む。

「いいわよ」

かなえは空に向かって肩を竦めてみせた。

「うちじゃ毎年こうなっちゃうの。年神様に怒られちゃうわよね」

おおらかに笑いながら、小皿と箸を用意して、一家団欒の席となった。紅白をＢＧＭに、賑やかに料理をつまみ、かなえが風呂に入っている間にトランプ遊びをした。

どうしてこんなことになったのだろう。本当なら今頃、自分一人の静かな部屋で、エントリーシートの草案を練っているはずだったのに。

家族も親しい友人もいない空の生活に、こういうイレギュラーな出来事は珍しく、なんとも落ち着かない。

　しかし一方で、ババ抜きや神経衰弱などの単純な遊びに子供たちが大はしゃぎして歓声をあげたり、悔しがったりしている様子を見ていると、その感情が伝染したように空もゲームに引き込まれていた。

　普段、何をしていても空の気持ちは目の前のこととは違うところにある。講義を聴いているときには、これが将来何かの役に立つのだろうかと訝《いぶか》しみ、就活に臨《のぞ》みながらも未来には絶望感しかない。

　でも子供たちは、今、目の前にあるトランプの勝ち負けだけにすべての興味とエネルギーを注いでいる。

　空もこれくらいの年頃はそうだったのか、それともこれは生活の心配がない恵まれた子供たちならではの無邪気さなのだろうか。

　もう一回、もう一回、と子供たちが負けるたびにリベンジを申し立て、気付けばテレビから、除夜の鐘が響いていた。

　年越しの瞬間、ひなたと佑太は手をつないで飛び上がって「今、地球上にいなかったよ」と大仰にはしゃいだ。

「そのネタって俺が子供のころから健在なんだよな」

隼人がおかしそうに笑い、空と目が合うと「おめでとう」と新年の挨拶をよこした。空も「おめでとうございます」と返し、それからひとしきりみんなで、その形式的な挨拶を言いあった。

おめでとうって、何がおめでたいんだろう。仲のいい一家の前で笑顔を取り繕いながら、空の心は冷めたことを考える。

年が改まっても、何の希望も目標も思い浮かばない。この先、自分の人生にいいことなんてあるのだろうかという、いつもの懐疑的な思いがよぎるばかりだ。ましてや今年は、いよいよ就職活動が本格化する。今までのような漠然とした不安ではなく、現実的な重さを持った不安が、空の心を重く押しつぶしていく。

「わー！」

不意にひなたが声をあげて、空の左手を摑んだ。また手相かと思ったら、薬指の爪に見入っている。

「空ちゃん、爪に幸運の星がある」

「幸運の星？」

「ほら。ここの白いの」

確かに爪の半ばに、白い点がある。たまにできるが、爪が伸びるのと一緒に上に移動して、なくなってしまう。

かなえも覗き込んできた。

「あら、本当ね。子供にはよくできるけど、男の人は珍しいわよね」

「指によって、運勢が違うんだよ。薬指は金運と結婚運なの。よかったね、空ちゃん！」

大はしゃぎで言うひなたに、空は一瞬あっけにとられ、それから噴き出した。なんという皮肉だろう。お金と結婚。空にはもっとも縁遠いものだ。しかも運でどうこうできる次元の話ではない。

そんな空をまじまじと見て、珍しい発見でもしたように隼人が言った。

「笑ってるとこ、初めて見た」

え、と空が反応するより先に、ひなたが割って入った。

「そんなことないよ。空ちゃんいつも笑ってるじゃん。さっきだってトランプでいっぱい笑ってたし」

そうだよ、と佑太も同意して、

「隼人にいちゃんって、いつもちんぷんかんぷんだよね」

「そうそう、最初は空ちゃんをじいじの彼女と間違えたんでしょ」

などと二人がかりで隼人をやりこめている。

その傍らで、空はなんとなく落ち着かない気持ちになっていた。子供たちの言う通りトランプでも笑ったし、バイトの接客中も仏頂面をしているつもりはない。しかし心底笑っていないことを隼人には見抜かれていたのだと思うと、そわそわと落ち着かない気分になった。

「よし。無事新年を迎えたところで、そろそろ寝よう」

かなえが声をかけると、子供たちは口々に「まだ寝ない」「空ちゃんと遊ぶ」と訴える。

「北爪くんだって疲れてるんだから、もう寝かせてあげなきゃだめだよ」

「それなら、ひなたちと一緒に寝よ！」

「私たちの部屋は三人でいっぱいでしょ」

「じゃ、ママが隼人にいちゃんの部屋で寝ればいいじゃん」

佑太の提案にかなえと隼人は意味ありげな目配せを交わし、失笑しながら二人で声を揃えて『無理』と言い切った。

「北爪くんは俺の部屋で寝てもらうから」

隼人はそう言い残して風呂を使いに行く。子供たちは未練げにぶうぶう言いつつ、かなえに急き立てられて歯を磨きに行った。

「ごめんね、疲れてるのに散々子供たちの相手をさせちゃって」

「いいえ、とても楽しかったです」

空が答えると、昭介がふっと微笑んだ。

「北爪くんは大人だね」

その労うような笑顔に、社交辞令ととられたのではないかとちょっと気まずくなる。

楽しかったのは本当のこと。でも、心のどこかで、平和で幸せな家族の中で所在無さも感じていた。

「隼人さんの方が、ずっと大人だと思います」

どう返していいのか困った挙げ句、口から出てきたのは我ながら唐突なそんな言葉だった。

「隼人？」

「会社を辞めてお店を継いだって聞きました。就活で四苦八苦してる僕から見たら、そういう決断力って憧れます」

かなえはふっと笑った。

「私は逆にあの決断は、若さゆえの過ちだったと思うけど」

「過ちとまで言ったら、隼人が気の毒だろう」

「だって、商社マンでいた方が、絶対安定した人生を送れたのに」

「今の時代、絶対の安定なんかないさ。隼人にとってはそれだけ母さんの店が大切だったんだ」

「まあマザコンだったからね、隼人は。でも、こんな小さな定食屋の店主で、しかも舅《しゅうと》と出戻りの姉がもれなくついてくるなんて、結婚相手を探すのも一苦労よね」

自嘲的に言うかなえに、昭介は真顔で返した。

「あいつが縁遠いのは、顔が怖いからだろう」

かなえが噴き出す。

「やだぁ、お父さんたら。確かに一見強面だけど、隼人はかなりイケメンの部類だと思うわよ。ね、北爪くん」

突然、話を振られたせいで焦って、リアクションが大仰になってしまう。

「ええ、すごくかっこいいと思います!!」

「誰がかっこいいの?」

背後から当人の声がして、飛び上がりそうになる。振り向くと、隼人がバスタオルで髪を拭《ふ》きながら立っていた。

「噂をすれば、ってやつね。今、あなたの話をしてたのよ。お風呂、ずいぶん早かったわね」

「北爪くんが姉貴にいじり倒されてるんじゃないかと思うと気が気じゃなくて」

隼人がからかい口調で言うと、かなえは口を尖らせ、甘えたように拗《す》ねてみせた。

「ちょっとー、なによそれ」

「ひなたに聞いたけど、姉貴、学校の三者面談で、先生の個人情報を根掘り葉掘り訊いてるうちに時間が終わっちゃったんだって?　逆個人面談だって、先生がビビってたらしいじゃん」

「だってひなの担任、三十二歳の独身イケメンメガネなのよ」

「バツイチ保護者こえー」

軽妙な姉弟のやりとりの傍らで、空は一人うろたえていた。自分が隼人を「かっこいい」と評すに至ったいきさつを、ちゃんと言い訳させてほしい。あの部分だけ聞いて、誤解されたら困る。

だがそんなことで気を揉むこと自体が、性指向ゆえの自意識過剰なのだろうということもなんとなくわかる。空が気にするほどには、隼人は気にもしていないだろう。

「じゃあ休むか」

昭介の一声で、それぞれの部屋へと引き揚げる。

隼人は居間の押し入れから布団を引っ張り出し、それを担《かつ》いで空を自室へと促す。

主な家具はベッドとテレビのみのシンプルな部屋だった。畳んだ洗濯物や雑誌が、床に無造作に置かれている。それらを押し入れに放り込んで、空いたスペースに布団を広げると、隼人はその上にあぐらをかいて、

「そっち、使って」

とベッドを指さした。

空は驚いてかぶりを振る。

「とんでもない。僕が布団で寝ます」

「うち古い建物だから、冬場は冷えるんだよ。ベッドの方があったかいから」

「だったらなおさら」

「お客さんにはベッドで寝てもらう決まりなんだ」

ということは、頻繁に誰かが泊まりに来るのだろうか。家族と同居の家だから、女性ではなく男友達だと思うけど。空と違って、隼人は友達が多そうだ。

そんなことを考えているうちにベッドに追いやられてしまう。

灯《あか》りを落とした薄闇の中で、隼人はからかうような上目遣いで空を見上げてきた。

「寝つきはいい方？」

「いえ。わりと枕が変わると眠れないタイプです」

隼人はふっと笑った。

「絶対そうじゃないかと思った。少ししゃべろうか」

気を遣わせていることに焦って、空の方から話題を提供しなければという気持ちになる。

「さっき、隼人さんの転職の話をしてたんです。隼人さんがお風呂から出てきたとき」

咄嗟《とっさ》にそんな話が口をついて出たのは、やはり先程の自分の発言の言い訳をしたかったからかもしれない。

隼人は軽い笑い声をたてた。

「どうせ悪口だろ？　会社を辞めて継ぐほどの店じゃないとか、隼人は強面のくせにマザコンだからモテないとか、姉貴がこきおろしてる様子が目に浮かぶよ」

この話題でいじられ慣れている口調だ。

「こきおろすなんて。かなえさんは、隼人さんがイケメンだって言ってて、それに僕が同意したところにちょうど隼人さんが戻ってきて」

あれは単なる相槌《あいづち》だったたと、ことさらに強調してみせる。

「かなえさんは、自分たちのせいで隼人さんが結婚できないいんじゃないかって、冗談交じりに心配してました」

「まだ二十代なのに、結婚できないって決めつけられるのもひどくないか？」

隼人は笑いながら突っ込みを入れる。

「まあ実際、できる気がしないけど」

「そんな。その気になれば、相手はいくらだっているでしょう。隼人さんは自分の腕ひとつで店を切り盛りしてて、男らしくて、かっこよくて……」

隼人の謙遜にフォローを入れるつもりが、また墓穴を掘っているのではないかと気付いて、途中で口ごもる。そんな空を見て、隼人はまた笑った。

「ありがとう。北爪くんこそそんなふうにやさしいし、働き者だし、女の子だったら嫁さんに欲しいくらいだよ」

隼人の冗談に、空も作り笑いを返した。

女の子だったら。

冗談の中でさえ、恋愛対象から除外されていることに、ミントのタブレットを舐《な》めたみたいに胸がすうすうした。それは当然のことだし、空にしたって隼人に特別な感情を抱いているわけではないので、気にするのもばからしいけれど。

「今まで結婚を考えた人とか、いないんですか？」

空の問いに、「いるよ」と隼人はあっさりと答えた。

「学生時代からの彼女と、いずれ結婚するんだろうなって思ってた。でも、あっけなくふられたよ」

どうして、と訊いてもいいのか逡巡していると、隼人はあっけらかんと言った。

「店を手伝うために会社を辞めるって決めたとき、『ごめんなさい』って言われた。『私は無理』って」

無理の意味について考える。会社を辞めて収入が不安定な家業を継ぐこと。病身の母親のこと。愛情と自分の身に降りかかる負担を天秤《てんびん》にかけて、彼女は無理という結論に達したのだろう。

「……残念でしたね」

なんと言っていいのかわからずに不器用な言葉を呟くと、隼人は「うん」と頷いた。

「ホント、残念だった。だけど、彼女には感謝してる」

「……ふられたのに？」

隼人は「うっ」と空の言葉が胸に突き刺さったようにうめいて道化てみせた。

「まあそうなんだけど、あの状況だったら、ふられるよりふる方が気が重いと思うんだ。けど情に流されてついていてもらって、あとあとつらいのを我慢されるより、あの場ではっきり別れを切り出された方がありがたかった」

闇の中で、隼人は何かを思い出すような表情になった。

「多分、向こうは俺のそういうずるさに気付いてたんじゃないかな。彼女の望む安定した生活より店を継ぐことを選んだくせに、はっきり結論を出せない優柔不断な俺の代わりに、全部終わりにしてくれたんだと思う」

まあ端的に言えばマザコンに愛想をつかされたんだけど、と笑い飛ばす。

「北爪くんは彼女はいないの？」

「今は就活で頭がいっぱいで」

「まあそうだよな。早めに内定がもらえるといいな」

「……もらえる気がしないんですけど」

つい弱音を吐くと、「大丈夫だよ」と隼人は力強い声で言った。

「爪に幸運の印が出てるって、ひなたが言ってたし」

「金運と結婚運だから、就職とは関係ないと思いますけど」

「それはほら、優良企業に就職できて、いい給料をもらえて、社内で結婚相手も見つかるっていう暗示だよ、きっと」

強引なまとめ方に空もつられて笑ってしまう。

「さっきも思ったけど、北爪くんって笑うといい感じだよね」

「え……？」

「もっと笑った方がいいよ。笑顔は幸運を呼び込むって言うし。……って、これもおまじないマニアのひなたの受け売りだけど」

闇の中で笑顔を観察されていると思ったら、意識してしまって、頬がむずむずしてくる。

「布団、寒くないか？」

「大丈夫です」

「悪かったな、今日。強引に引き留めて」

「……いえ」

「しかもこんな狭苦しい部屋で寝かせて」

「僕の部屋よりずっと広いです」

空が生真面目に答えると、隼人はまた笑った。

「まあ、たまにはこういううるさい家で年越しってのもいいだろ？」

憐れまれているのだろうか。家族のいない一人暮らしの学生に、愛情溢れる家庭を覗かせてやろうっていう、上から目線？

そんなふうに考えてしまうのはひがみ根性というものか。

それとも、何かを期待しそうになる自分を、斜に構えてごまかしている？

……何かって、何だ？

空は唐突に我に返った。

そもそも期待するというのは、こちらになにがしかの願望があるということだ。空は頭の中でそれをきっぱり否定した。

自分はこの男に、特別な感情を抱いたことはない。家族仲のいい家で育って、家族と店に深い愛情を持っている熱い男なんだなと思う。その熱意のようなものを尊敬はしている。だがそれだけのことだ。空とは正反対の環境で育った、正反対の性格の男。単なるバイト先の店長という以外、なんの関係もない。

「しかし、ひなたも佑太も北爪くんにべったりだよな。初対面から空ちゃん呼ばわりだし。鬱陶《うっとう》しくない？」

「まさか。二人ともかわいくて、仲良くしてもらえて嬉しいです。名前で呼んでもらえるのも、親しみを持ってくれてるんだなって、嬉しいし」

「そう？　だったら俺も空って名前で呼んでいい？」

だんだん暗さに順応してきた目が、こちらを見ている隼人の微笑みをとらえ、胸がドキリとなる。

「……もちろん」

「じゃ、空、幸運の星をもう一回見せて」

ベッドの下から手を突き出され、空は戸惑いながら左手を差し出した。隼人の厚みのある乾いた手が、空の左手を引き寄せる。

「んー、暗くてよく見えないな」

眉根を寄せながら、隼人は空の指先を自分の顔に近づける。

「ああ、これか。幸運の星って言われると、なにかありがたいものに見えてくるな」

摑まれた手のひらから伝わってくる体温に、空は不意に思考をかき回されて、さりげない返しが思い浮かばなくなってしまう。

何か言わないと変に思われてしまうと、焦れば焦るほど頭は真っ白になって、手のひらに汗が滲み出す。

口を開けたり閉じたりしながら隼人を見て、空は思わず目を見開いた。

隼人は空の手を握ったまま、瞼《まぶた》を閉じて静かな寝息を立てていた。

「……うそ。寝てる？」

空の呟きにも反応しない。

「寝つきよすぎ」

呆れるべきか感心すべきか迷いつつ、空は隼人の寝顔を見つめた。

バイトとして決まった時間だけ働けばいい空と違って、隼人は仕入れや仕込みで朝から晩まで働きづめで、疲れているのだろう。

握られている手をどうしたものかと考える。意識を手放した隼人の手からは力が抜けていて、空が手を引けば簡単に外れるだろう。

だが、空はそのまま隼人の手に、自分の手を委ねていた。

こんなふうに誰かの体温をじかに感じるのはひどく久しぶりだった。

人肌のあたたかさは、独特なものだと思う。どきどきするようでいてひどく落ち着くような、幸せでいて切ないような、不思議な気持ちを引き起こす。

ふんわりと身体を包み込む寝具からは、隼人の匂いがした。その匂いも、空の気持ちをぬるまったく揺さぶった。

気がついたら、目じりを涙が伝わっていた。

自分の情緒不安定さに驚く。なんだよ、これ。バイト先の店長の家に泊まって、たまたま接触した指先の体温や匂いに、感情を揺さぶられて泣いてるとか。

自分はそんなにひと肌に飢えていたのだろうか。

何かつきつめそうになる思考にストップをかけて、空はそっと目を閉じた。

就活でナーバスになっている、それだけのこと。

隼人の手からさらに力が抜けて、空の手を放しそうになる。考えるより先に、空はその手を自分から摑んでいた。

油の浮いた水に洗剤を一滴たらすと、さっと表面が澄んでいくように、握りしめた指先からあたたかさが広がって、胸の中の不安を瞬く間《またたくま》に押しのけていく。

魔法みたいだ。

そんなふうに考えた時にはすでに、夢の世界に片足を突っ込んでいたようだ。

隼人の寝息にシンクロするように空の呼吸も徐々にゆっくりになって、心地よく眠りへと誘《いざな》われていったのだった。

3

年が明けると、早いところではもう面接が始まった。

空《そら》にはどうしても進みたい業種ややりたい仕事などはない。とにかく奨学金を返済するために、どこでもいいから安定した正社員になることだけを考え、手当たり次第にエントリーシートを提出した。

半分はエントリーシートで落とされ、無事通って面接に進めたところも、軒並《のきな》み一次で落とされた。

すべて想定内の結果ではあった。近年の就職活動の厳しさは、学生の実感としても、メディアを通しても、十分見知っているつもりだったし、同級生たちもだいたい似たような状況にある。

だが、ふるい落とされるダメージは、想像していたよりも大きかった。

学科試験のみで合否が決まる大学入試は、今思えばいっそ気楽だったと思う。エントリーシートや面接で落とされると、急に足元が覚束《おぼつか》なくなった。

自分の何がいけなかったのだろう。どこでもいいという、いい加減な気持ちが滲《にじ》み出《で》てしまっていたから？　それとも家族の縁が薄かったことが、人格形成になにかよくない影響を及ぼしているのだろうか。

あるいは見た目の印象が悪かったのか。出費を惜しんで一番安いスーツにしたのがいけなかったのかも。

何かのせいにしようとあれこれ考えても、結局いきつくのは、自分に必要とされるだけの魅力がなかったからだという、シンプルで容赦ない結論なのだった。

自分はこの世から必要とされない人間なのだ。今までも、これからも。

自虐に走りかける思考を、空はことあるごとに引き戻す。

そうやって、どうせ自分なんかと投げやりになるのは簡単なこと。でも、楽になるために悲劇の主人公を演じるのは間違っている。

確かに空は身内の縁の薄い人生を送ってきたが、それは邪険にされたとか、必要とされなかったということとは違う、父も母も空を必要としなかったなんてことはない。むしろ空を残してこの世を去ることをどれほど無念に思っただろう。その後、短い間だが面倒を見てくれた叔父夫婦は親切だったし、高校卒業まで暮らした施設の先生たちも、みんな親身になってくれた。

自分がいらない人間だなどという自己憐憫《じこれんびん》に浸るのがいかにくだらないことか、頭ではちゃんとわかっているのだ。それでも五社六社と落とされるうちに、気持ちは荒《すさ》んでしまう。世の中に、自分の居場所はあるのだろうか。この先の人生に、いいことなんてあるのだろうか。空の頭の中には、いつも雪の日のように重い雲が垂れ込め、もう二度と日が差し込むことなどないように思えた。

そんな空にとって唯一の楽しみは、あかね亭でのバイトだった。

年末に泊めてもらって以来、堤《つつみ》家の人たちはますます空に気さくに接してくれるようになった。学校にいても、一人きりで家にいても、就活と将来のことばかり考えて暗澹《あんたん》たる気分になってしまうのだが、あかね亭にいる時だけは、ひととき憂《う》さを忘れられる。

「ねえ、空ちゃん、一立方メートルは何立方センチメートル？」

鉛筆を噛みながら、ひなたが訊ねてくる。

夕方の営業が始まる前のあかね亭で子供たちの宿題を見るのが、このところの空の日課になっていた。

「一立方メートルは、一辺が一メートルの立方体の体積だよね。だからまず、長さの単位をセンチに直してみて」

「ええと百センチ？　あ、わかった。百×百×百で、ええと、いちじゅうひゃく……百万立方センチメートル？」

「ピンポーン」

「やったー！」

ひなたは空とハイタッチして、鼻歌交じりにプリントに答えを書き込んでいく。

その横で、佑太《ゆうた》が白地図を前に頭をかきむしっている。

「九州地方の県名、ややこしすぎるんだよー！　九州のばかー」

「そんなこと言ったら、九州がかわいそうだよ」

空は苦笑いして、佑太の宿題を覗き込む。

「ほら、熊本の形をよく見て」

「……形？」

「熊が体操してるように見えない？」

鉛筆で薄く顔のパーツを描き込んでやると、佑太は目を輝かせた。

「あ、ホントだ。熊の形だから熊本かー」

「教えるのうまいね」

テーブル席でビールを飲んでいた木村《きむら》が声をかけてきた。

木村は空が二回目にあかね亭を訪れたときに隼人《はやと》と軽口を叩きあっていた常連客で、隼人の高校時代からの友人だという。商店街の一角で不動産屋を営んでおり、営業時間と関係なく、こうしてよく店に顔を出している。

「空くんって就活生なんだってね。もう面接始まってる時期かな。順調？」

堤家の大人たちは空に気を遣って就活の進捗状況《しんちょくじょうきょう》には触れてこないが、木村はズバッと突っ込んでくる。隼人と同い年のはずなのに、恰幅がいいせいか、すでに結婚して子供もいるせいか、妙に世慣れた雰囲気のある男だ。独身と見れば「結婚しないの？」と訊き、既婚者には「子供はまだ？」と無遠慮に訊ねそうな、でもそれが不思議と不快にならないような類の人懐《ひとなつ》こい男だった。

「落ちまくってます」

空が苦笑いで答えると、木村は手酌《てじゃく》でビールを注ぎながら、愛嬌《あいきょう》のある顔で言った。

「空くんは塾《じゅく》の先生とか向いてるんじゃないかな。知り合いの塾で講師を募集してるから、紹介しようか？」

「バイトじゃなくて一生の仕事を探してるんだから、余計な口出しするなよ」

空が答えるより先に隼人の声が割って入り、木村のテーブルにやや乱暴にアジフライの皿が置かれる。

「一生の仕事だからこそ、向いてることを選ぶべきだ。この時期に面接が始まってるところっていったら、ベンチャーだろ？　ベンチャーはブラック率が高いんだ。二、三年でぼろぼろにされちゃうぞ」

「ぼろぼろにされる以前に、一社も内定もらえてないので」

空は自虐的に笑ってみせた。

「だったらなおさら塾講どうよ？」

「しつこいんだよ、おまえは」

「いやぁ、どうもこう、世話焼きの血が騒ぐんだよな」

「おまえは家で正月の残りのモチでも焼いてろよ」

どこかコミカルな隼人と木村のやりとりに、子供たちもくすくすと笑いだす。

「空のことは放っておいてやれよ」

あの晩以来、隼人はナチュラルに空を呼び捨てにする。もう何十回と呼ばれているのに、そのたびに妙にそわそわしてしまう。

「じゃ、とりあえず空くんはおいといて、おまえはどうよ。そろそろ身を固める気になった？　いい子がいるんだよ。お客さんの親戚のお嬢さんで、ミスキャンパスに選ばれたこともある美人」

「隼人にいちゃん結婚するの？」

目を輝かせて話に首を突っ込んでくるひなたに、木村は笑顔を向けた。

「ひなたも、隼人の奥さんは美人がいいだろ？　そうそう、ひなたのママにもいい話があるんだ。ひなたも佑太も、新しいパパが欲しくないか？」

木村が持ちかけたとたん、ひなたと佑太の顔からすっと表情が消えた。

「別にいらない」

「オレも」

なんとなくどきりとした。

無意識に二人を自分の身の上と引き比べ、三世代同居で愛情に恵まれた子供たちだと思っていたけれど、考えてみれば二人の両親は離婚しているのだ。そこに至る過程で、つらい思いもしてきただろう。

親の縁談に関する複雑な気持ちは、空にも経験がある。空が小学生の時に、父に再婚話が持ち上がったことがあった。話を持ってきた近所のおばさんから「空くんだってお母さんが欲しいでしょう？」と言われて、見知らぬ人をお母さんなんて呼びたくもないと思ったことを、今でもはっきり覚えている。

タイミングよく、奥から昭介《しょうすけ》が顔を覗かせた。

「二人とも、仕事の邪魔だからそろそろこっちにおいで」

子供たちは宿題をまとめて、奥へと引っ込んだ。

隼人はやれやれという顔で肩を竦《すく》めた。

「職業柄か、青年会議所繋がりか、おまえが顔が広いのは便利なこともあるけど、仲人まがいな世話焼きはいらないから」

「そうは言っても、かなえさんだっていつまでもここにいるわけにはいかないだろ」

「自分の家なんだから、いたいだけいればいいんだよ」

「家族関係がややこしいと、おまえの結婚にも差《さ》し障《さわ》るって話だ。紗江《さえ》ちゃんとのことだって、そこらへんが原因だったんだろ？」

紗江ちゃんというのが、前に聞いた別れた彼女なのだろう。

「もうさ、いっそ隼人がかなえさんと結婚しちゃえば、すべてうまくいくんじゃないの？」

木村の突拍子もない冗談に、空は思わず笑いそうになった。だが当の木村が真顔なのに気付いて、え？　と思う。

隼人は呆れ顔でため息をついた。

「冗談にもほどがある」

「案外真面目に言ってるんだけど。かなえさんはおまえの初恋の人だろう？」

「どんだけ昔の話をしてるんだよ」

会話がうまく理解できずに、空は訝《いぶか》しく二人を交互に見やった。その視線をキャッチして、木村が肩を竦めた。

「タブーを犯させようとしてるわけじゃないよ？　ここの姉弟《きょうだい》、血の繋がりないから」

「え？」

予想外の話に、空は固まった。

「おまえは余計なことばっかペラペラしゃべるなよ」

少し不機嫌そうに隼人が言う。自分などが聞いてはいけない話だったのではないかと空が身を縮めていると、木村の携帯が鳴りだした。

どうやら仕事の話だったらしく、短い会話を終えると木村は気ぜわしげに立ち上がった。

「ちょっと店に戻るから、それ、折り詰めにしておいて」

言い置いてそそくさと出ていく。

急にしんとしてしまった店内で、隼人はきまり悪げに苦笑いした。

「言う機会がなかっただけで、隠してたわけじゃないから。ひなたも佑太も知ってることなんだ」

「そうなんですか」

「ついでに言っておくと、親父《おやじ》とも血縁関係ないんだ。俺も、かなえも」

「え？」

驚いて聞き返してしまう。どこからどう見ても、仲の良い肉親にしか見えないのに。

「俺が小四のとき、俺の実父と、女手一つでこの店を切り盛りしてた姉貴の母親が再婚したんだ。だけど、俺の父親はまあいわゆるろくでなしで、いろいろあって事故で亡くなって。ろくでなしの息子なんて、放り出してくれてもよかったのに、母はかなえと分け隔《へだ》てなく俺に愛情を注いで、育ててくれたんだ」

隼人は古びたテーブルを大きな手のひらでやさしく撫でた。

「結局、今の親父と再々婚して、三度目の正直で幸せを手に入れた。ここは母のつらさも幸せも全部詰まった大事な店だから、できる限り守りたいんだ」

安定した仕事を辞めてまで、隼人が守りたかったもの。

昭介と隼人とかなえが醸《かも》し出《だ》す空気は、どう見たって親密な家族のものだ。でもそれは、時間と気持ちをかけて、努力で作りあげたものだったのだ。

何かにつけ、自分は一人ぼっちだなどと自己憐憫《じこれんびん》に浸りがちな自分が恥ずかしくなる。血縁関係などなくても、こんなに素敵な家族を作り出している人たちだっているのに。

「……かなえさんが初恋の人って、本当ですか？」

「今となっては笑い話だろ」

隼人はバツが悪そうに笑う。

「まあ想像してみてよ。十歳の少年に、いきなり十五歳の眩《まばゆ》い姉ができて、あれこれやさしくされたら、誰だって少しはそわそわするだろ?」

今じゃ下着姿を見てもそわともしないけど、と冗談めかして付け加える。

空は頭の中で、隼人の男らしい風貌の傍《かたわ》らにかなえのやさしい笑顔を並べてみた。

「お似合いだと思います」

「は?」

「美男美女カップルで。ひなたちゃんや佑太くんだって、隼人さんがお父さんなら、嬉しいんじゃないかな」

「ありえないよ」

隼人は噴き出した。

「今やもう完全に身内で、お互いそんな目で見れないよ。考えただけで背筋がぞわぞわする」

「もったいないです」

本当にお似合いなのに、と思う。でも、姉弟ではなく男女としての二人を脳裏に思い描くと、なにかをしくじったときのような、もやもやとした感情が胸にこみあげてきた。

「ホント、無理だから」

隼人は笑って「まあでも」と続ける。

「姉貴がこの先もずっと一人で子供たちを育てていくなら、父親代わりに手伝えることは、なんでも引き受けるけどね」

ややぶっきらぼうにそう言う様子からは、無骨な愛情が滲み、その表情はいつも以上に男っぽく精悍《せいかん》に見えた。

空の胸は、へんなふうにぎゅっと痛んだ。

恋愛とか結婚とか、関係性を言葉にするよりも、ただ静かに大切なものを守ろうとする姿に強く心を打たれた。隼人にこんなふうに大切に思ってもらえるかなえや子供たちが無性に羨《うらや》ましかった。

……羨ましいって、なんなんだ。

自分の思考に嫌気がさす。学生とはいえすでに成人しているのに、庇護される女性や子供を羨むとか、どうかしている。

しかしそう思うそばから、それも違うという感情にとらわれる。別に庇護されたいわけじゃない。そういう感情じゃなくて、僕は隼人さんに……。

無意識の思考の流れに、なんだかまずいなと感じて、空はその先を打ち消した。

開店時間を迎えると、もう余計なことを考える余裕はなくて、空はさっき脳裏をよぎったもやもやを完全になかったことにした。

4

梅が散り、桜が咲く季節になると、就活はいよいよ本格的なシーズンに突入した。グループディスカッションで立て続けに何社も落とされた空《そら》は、底なし沼で溺れ続けているような息苦しさに日々苛《さいな》まれていた。

大変なのは自分だけではない。同級生たちも皆必死なのはわかっている。だからこそ、余計に息苦しい。

お互いの状況を探りあう会話。『おまえなら受かるよ』『いやおまえこそ』、などとおだてあい、謙遜しつつ、みんな内心は相手を牽制《けんせい》し、嫉妬や焦燥や優越感でぐるぐるしている空気。

誰かが内定をもらったと聞けば自分のことのように喜んでみせながら、陰では『あそこブラックじゃん？』などと囁《ささや》きあって溜飲を下げる。

もともとあまり深い友人づきあいのない空は、仲間内のそんな会話や空気を肌に感じつつも、称賛にも陰口にも参加せず、淡々とエントリーシートを送り続けた。

日常が殺伐としてくればくるほど、あかね亭でのバイトの癒し度は高まっていった。

実質的には隼人《はやと》が一人でやっている店なので、混雑すると空もとても忙しかったが、その忙しさは空に精神の安定をもたらした。少なくともここでは労働力として必要とされているという実感が、あまたの企業から門前払いを食らって生じた無力感を癒してくれた。

いっそこのままここで働き続けられたらいいのにと夢見たりもする。

もちろん、叶うはずのない夢だということは自分が一番よくわかっている。一人暮らしをして奨学金を返していくには、学生バイトの延長気分ではどうにもならない。

「勉強を教えてもらったお返しに、ひながすごいおまじないを教えるね」

いつものように開店前の店で子供たちに宿題を教えたあと、ひなたが例のおまじないブックを開いて、生真面目な顔で言った。

「あのね、消しゴムに好きな人の名前を書いておくと、使い終わるころに両思いになれるんだよ」

「そんなおまじないがあるんだ。ひなちゃんも実践してるの？」

空が訊ねると、隣にいる佑太《ゆうた》や厨房《ちゅうぼう》の隼人を意識してか「ひなは試したことないけど……」と、嘘か本当かもごもご語尾を濁す。

「でも、友達の愛《あい》ちゃんは、このおまじないで海斗《かいと》くんとラブラブになったんだよ！　すっごい効果あるんだから」

　佑太も負けじと身を乗り出してきた。

「おまじないならオレも知ってるよ。校門を入るとき、必ず右足から入るようにするといいんだ。そうすると一日中ラッキーなんだって」

「じゃ、ひなももう一つ教えてあげる。お風呂のお湯に指でハートを三回描いて、顔を洗うと、笑顔がみりょくてきになるんだよ」

　他愛もないおまじないを、本気で信じているらしい子供たちの目の輝きがまぶしかった。

　自分にもこんなふうに根拠のない何かを信じられた時期があっただろうか。

　今は信じられないことばかりだ。一緒に就活に励む同級生の笑顔も、自分の将来も。

「店が繁盛するおまじないはないのか」

　厨房から隼人が冗談めかして会話に加わってきた。

「えー、そんなのないよ」

「お店に好かれるように、消しゴムに『あかね亭』って書いておけば？」

　子供たちに適当に返され、「おまじない使えねー」などと隼人は笑っている。

　ひととき和やかな時間を過ごしたあと、空は店の手伝いに入った。

　開店前の準備をする隼人の手際には、いつも見惚《みと》れてしまう。揚げ物にフライ衣をまぶす手つきも、半分に割った大玉のキャベツを千切りにしていく手際も、魔法を見ているように鮮やかだ。数年前に商社マンから転職したとは思えない。

「ん、なに？」

空がピッチャーに氷を入れる手をとめて見惚れているのに気付いたらしく、隼人が視線の意味を訊ねてくる。

「いえ、あの、うまいなと思って」

隼人は節の張った大きな手でリズミカルにキャベツを刻みながら笑った。

「まあ、一応プロなので」

「ですよね。すみません、失礼なこと言って」

「嬉しいよ、褒《ほ》めてもらえるのは。空も氷を入れるのが上手だね」

冗談で返されて、空は苦笑した。

そうだよな、と思う。ここで働き続けられたらなんて夢想するのは、幼稚園児が戦隊ヒーローを夢見るのと同じくらい、幼く現実離れしたことだ。空ができることは、こうしてピッチャーに氷を補充したり、皿を洗ったり、料理を上げ下げしたりするごく初歩的な雑用に過ぎない。きっと昼の時間帯にパートに入っている柏瀬《かしわせ》さんの方が空の百倍は使えるだろう。

空はこっそりため息をつきつつ、外に営業中の札を出しに行った。

「あれ、北爪《きたづめ》?」

不意に声をかけられて振り向くと、夕日を背負って同じ学科の関根《せきね》が立っていた。きっちりとスーツを着込み、メガネの奥の目を丸くして空と店を見比べている。

「北爪んち?」

「いや、バイト先」

空は自分のエプロンを引っ張ってみせた。

「関根は面接?」

「OB訪問の帰り。このちょっと先にある音楽関係の会社なんだけど」

「どうだった?」

「励みになるかなと思って行ったのに、かえって凹《へこ》んだ。業種的に俺には向いてないのかなって」

「そんなことないよ」

疲労を滲《にじ》ませて弱々しく微笑む関根を励ましつつ、空は内心ほっとしていた。内定をもらっていない者同士の連帯感とでもいうのか。あまり仲間と群れない関根とは、もともとなんとなく似たところがある。母子家庭で経済的に厳しいらしく、奨学金を受給しながらバイトに奔走しているところにも親近感を覚えていた。

関根は空がかけた営業中の札に目を向けた。

「寄らせてもらおうかな。実は昼も食べそこねちゃって」

「ぜひ。ここ、うまいよ」

空は関根を店内へと迎え入れた。

おすすめメニューを説明して、海老《えび》フライ定食のオーダーを隼人に通す。大学の同級生だと伝えると、隼人は店の名物のオニオングラタンスープをサービスでつけてくれた。

「うわぁ、なんか涙出そう。ＯＢ訪問で厳しいこと言われたあとの、このあったかいサービス」

感激しきりの関根に、奥から顔を出した隼人が声をかけた。

「就活、大変だよな。たくさん食べて頑張って」

「ありがとうございます！　すごく美味しいです」

舌が焼けそうに熱々のスープをたっぷり吸ったパンと、その上に載っているこんがり焼けたチーズをスプーンですくって息を吹きかけながら、関根は隼人に向かって笑った。

「この時期、結構仲間内も殺伐としてるんですけど、北爪はホントにいいやつなんです。人の陰口とか愚痴とか絶対に言わなくて、いつも黙々と頑張ってる感じで」

「わかるよ。うちのやっすいバイト代に不平も言わずに、骨惜しみしないで働いてくれるし。北爪くんが来てくれて、本当に助かってるよ」

「やめてください」

口々に褒められて、空は居心地悪く顔から火を噴きそうだった。今まさに関根のＯＢ訪問が思わしくなかったと聞いて安堵したくらい、性格が歪んでいるというのに。

「僕はそんないい人間じゃありません。陰口や文句だって言いますよ」

「たとえば？」

空の言い分を軽い謙遜か冗談とでもとったらしい隼人が、冗談ぽく訊ねてくる。

空は答えにつまった。まさか関根本人の前で、ＯＢ訪問の件を正直に白状するわけにもいかない。

「……たとえば、そうですね、ここの賄《まかな》いが美味しすぎて、一キロ太っちゃったけど、どうしてくれるんですか、とか」

数秒考え込んで無理やりひねりだした答えに、関根と隼人が同時に笑い出した。

「北爪はあと五キロくらい太った方がいいよ」

「考えに考えて思いついた文句がそれって、天使かよ」

からかうような慈しむような目で隼人に笑われ、空はますますいたたまれなくなった。

隼人に善良な人間だと思ってもらえることは嬉しい。だが、実際の自分は善良などとは程遠い。本性を知ったら、隼人は今のようなあたたかい視線を向けてはくれないだろう。

料理の味に感激した関根が、隼人の激励を受けて店をあとにしたのと入れ違いに、店は混み始め、空はくるくると立ち働いた。

そうして動き回っている間も、頭の隅にはうしろめたいような気持ちがずっともやもやと立ち込めていた。


ぽつぽつと真夏日を記録する日がくるようになると、スーツとネクタイは拘束衣のように就活生たちを苦しめ、心身ともに疲弊《ひへい》させた。半年前に買った黒い革靴は、内側もかかともかなり擦り切れていた。この分では近いうちに買い替えるはめになりそうだ。

内定は一向に出なかった。

十社目あたりまでは、電話連絡待ちのために風呂やトイレにまで携帯を持ち込んでいた空だが、二十社を過ぎたころからは、もしやという期待すら抱けなくなっていた。返事待ちどころか、面接を受けている時点で「どうせここもだめだ」という気持ちになった。

癒しを求めていつもよりさらに早めにやってきたあかね亭には、珍しくかなえの姿があった。

「あれ、今日はお仕事お休みですか?」

「ひなたが軽い熱中症ぽいって学校から連絡があって、仕事を早退させてもらって迎えに行ってきたの。こんな日に限ってじいじは新聞社の用事で出てるし、まさか昼営業中の隼人に頼むわけにもいかないしね」

困ったように微笑むかなえに、例によって時間と関係なしに入り浸っている木村《きむら》が声をかけた。

「俺に言ってくれたら、喜んで引き受けたのに」

「お気持ちはありがたいけど、いまどきの学校は登録してある家族以外には子供を引き渡してくれないのよ。木村くんのお子さんの保育園もそうでしょう？」

「じゃあ、元旦那さんに頼むとか。確か自由業でしたよね。離婚したって父親であることに変わりはないんだし、子育て参加は当然の義務だと思いますけど」

木村のお節介気味な提案に、かなえは肩を竦めた。

「離婚原因はＤＶなのよ。子供たちをあの人に会わせたくないの」

毅然と言い切るかなえを、空は思わず見つめてしまう。このきれいな女性と、かわいらしい二人の子供たちの身にかつてどんな修羅場《しゅらば》があったのだろうと想像すると、胸が軋《きし》んだ。

ふと、かなえと視線が合い、空は気まずい話題から会話を逸らした。

「ひなちゃん、大丈夫ですか？」

かなえが答えるより早く、ひなたと佑太がひょこっと顔を出した。ひなたの額には冷却シートが貼られていた。

「空ちゃん、今日も宿題教えてくれる？」

「ひなは寝てなさい」

「もう頭痛いのも治ったもん」

窘《たしな》め顔《がお》のかなえに、ひなたは頬を膨らませ、くるりと空の後ろに隠れた。

「たいしたことなくてよかったな」

仕込みをしていた隼人が、カウンター越しにひなたに声をかける。

かなえは空と隼人を交互に見て、申し訳なさそうに腕時計に視線を落とした。

「悪いけど、ちょっと職場に戻らせてもらってもいいかしら？　やり残した仕事だけ片づけてきちゃいたいの」

「いいよ。じきに親父《おやじ》も帰ってくるだろうし、ひなたももう大丈夫そうだし」

「僕が宿題を見ておきますね」

「ありがとう。助かるわ」

かなえは空に両手を合わせ、二人の子供の頭を撫でて、外へ飛び出していった。

家族っていいなと思う。幼少期、父親と二人きりで過ごした空は、具合が悪くても一人でじっと耐えるしかなかった。成人した今になっても、あたたかい家庭への憧《あこが》れは強い。

いつものように、空は二人の宿題を見てやった。それを近くで眺めていた木村が口を出してくるのもまたいつものパターンだ。

「本当に教え上手だよね、空くんは。例の塾講《じゅくこう》の件、考えてくれた？　絶対向いてると思うんだけどなぁ」

冗談か本気か、毎回誘ってくれる木村の言葉に、心が動かないわけではない。

施設でも一人でいることが多かった空だが、年少の子供たちの勉強を見てやることだけは好きだった。自分の資質とはまったく関係のない企業の面接で『御社の経営理念に強く共感し』などと空々しい志望動機を並べ立てるよりも、ずっと本気で向きあえる仕事だと思う。

「進学よりも落ちこぼれの救済に力を入れている、個人経営の小さい塾なんだけど、とにかく塾長が熱い男なんだ」

そう言われると、より心を動かされる一方で、いつ畳まれてもおかしくなさそうな規模の職場に不安は否めない。今まで不安定な生活を送ってきたからこそ、より安定を求める気持ちは強かった。利子を入れれば相当な金額になる奨学金という名の借金を返済するためには、安定した、ある程度大きな企業に入りたい。

どこかで、就活に対する意地のようなものもあった。次々と落とされ、おまえはいらない人間だという烙印《らくいん》を押されるこのエンドレスのゲームをあがるには、自力で内定をもらうしかない。

追い詰められた就活生にとっての最終目標は、もはや希望の会社に就職することではなく、どこでもいいからとにかく内定をもらい、自分を肯定してもらうことだった。

そんな空の心中を知ってか知らずか、携帯の呼び出し音を合図に木村は席を立つ。

「まあ、就活頑張って。もしも全滅したら、塾講の件も含めて相談に乗るから」

「全滅とか不吉なこと言うなよ」

隼人にどやされ、木村は笑いながらお茶を飲みほして店を出ていく。

それと入れ替わりに、意外な人物が飛び込んできた。

「あ、ごめん、すみません。まだ準備中ですよね」

息せき切って現れたのは関根だった。

スーツ姿の関根は、汗を拭《ふ》き拭《ふ》き隼人と空に交互に頭を下げる。

「この間はごちそうさまでした。海老フライもスープも、すごく美味しかったです。今まで食べたものの中で、一番美味しかった」

勢い込んで言う関根に、隼人は驚いたような笑みを浮かべる。

「そこまで言ってもらうと、光栄を通り越して恐縮だな」

「ホントに美味しかったです！」

熱を込めて言って、関根は視線を空に移した。

「内定、もらえたんだ」

店内の温度がいきなり下がったような気がした。

「……内定？」

「この間ＯＢ訪問した会社。あのときはもうダメだって思ってたけど、偶然この店の前で北爪に会って励まされて、あったかくて美味しい食事に元気をもらって、気持ちを切り替えられた」

関根はまた隼人を振り返って、頭を下げる。

「本当にありがとうございます」

「いやいや、俺は何もしてないよ。でも、よかったね。おめでとう」

隼人の祝いの言葉を聞いて、空もやっと自分が取るべき態度を思い出す。慌てて笑みを作り、関根の背中をポンと叩いた。

「おめでとう。やったね」

「ありがとう！　本当に北爪のおかげだよ」

おかげと言われるようなことをした覚えなど一度もない。内定に浮かれた関根がいいように解釈しているだけじゃないかというどす黒い思考が浮かび、空はすぐにそれを打ち消した。

「次は北爪の番だな。北爪はすごい頑張ってるし、絶対近いうちに内定出るよ」

根拠もない断定って無神経だろ。自分が内定をもらったとたんに上から目線かよ。

そんなことを考えたいわけじゃないのに、自分の意思とは無関係に次々と黒い感情が浮かんできて、窒息《ちっそく》しそうになる。

浮かれた関根は、空の心中に気付く様子もなく、晴れやかな顔でまた隼人を振り返った。

「営業時間外に突然お邪魔しちゃってすみません。どうしてもご主人と北爪にお礼が言いたくて」

「わざわざありがとう。今日から海老フライとオニオングラタンスープをセットにして、『内定定食』って名前で売り出そうかな」

「いいですね！」

盛り上がる二人を眺めながら、自分はちゃんと笑顔を取り繕えているだろうかと怖くなる。

今度は営業時間中に来ます、と満面の笑みで帰っていく関根を見送って、隼人は空を振り返った。

「いい友達だね」

浮かれて内定自慢に来るやつのどこが？　そもそも単なる学科の同級生ってだけで、友達というほど親しくもないのに。

自分では制御できない悪意が次々とこみあげてくるのを、作り笑顔でなんとか堰《せ》き止《と》める。

「関根はいいやつだから、今まで内定出なかったことが不思議だったくらいです。ホント、よかった」

罪悪感の裏返しで、大げさなほどハイテンションな声が出た。

隼人はやさしい笑顔を返してくれた。

「友達の成功を喜べる空も、すごくいいやつだな」

空の肩をやさしく叩いて、隼人は厨房へと戻っていった。

肩に残るあたたかさが、空の心の冷たさをより強く感じさせた。

この真っ黒な心の中を暴いて見せつけたら、隼人はもうあんな顔で笑ってはくれないだろう。おとなしくて毒にも薬にもならない凡庸《ぼんよう》な男が胸の内に抱える悪意。

この世にテレパシーなんて存在しなくてよかったと、つくづく思う。


その日はバイトの間中、もやもやしたものが頭の中を占めていた。友達の内定。それを本心では快く思っていない自分。

こんな性格だから、自分はいつまでたっても内定をもらえないのだ。心の醜さは、きっと知らないうちに顔に出ているに違いない。

そう思うと、隼人に顔を見られるのがなんとなくいやになって、仕事中のやりとりがぎこちなくなった。そのせいでオーダー間違いが生じたり、定食のトレーを受け取り損ねて床に落としたりと、立て続けにいつもはしないミスをしてしまい、忙しい最中に隼人に迷惑をかけてしまった。

バイトを終えて店を出ると、いつもより身体が重く感じられた。湿気をはらんだ空気のせいか、月がぼんやり滲《にじ》んで見えた。

一人になると、またいろいろ考えてしまう。ねじけた自分の性格への自己嫌悪。将来への不安。存在価値。生きている意味。

駅の手前の交差点で信号待ちをしていたら、ぽんと肩を叩かれた。振り返ると、隼人が立っていた。

「お疲れさん」

「どうしたんですか?」

「テレビのリモコンの電池、買い置きがなくてさ」

隼人は通りの向こうのコンビニを指さした。

信号が青になり、肩を並べて交差点を渡る。

コンビニの前で「じゃ」と会釈をすると、隼人はちょっと考える顔つきをして、駅の方を顎《あご》で示した。

「コーヒー、つきあわない?」

「え?」

「駅前にチェーンのカフェができただろ？　一度入ってみたかったんだけど、地元の店って案外行く機会がないんだよな」

唐突な誘いに答えを迷っていると、

「行こう」

隼人は空の背中を押して、さりげない強引さで店へと促した。

席の確保を空に指示して、アイスコーヒーとブラウニーを買ってきてくれる。

「いくらでしたか？」

「俺が誘ったんだから、いいよ」

財布をかばんに戻すようにと仕草で示す。

「ここのブラウニー、美味しいんだってね。知ってた？」

「いえ」

「甘いものは、気分を和らげるよね」

言葉から滲み出るニュアンスで、心の揺れを隼人に見抜かれていることを悟った。

「……すみません」

「ん？」

「今日、失敗ばかりで」

「いや、逆にいつもが完璧すぎるんだよ」

隼人はあくまでやさしい。

「このところ暑くて疲れるよな。就活も長期戦でパワー削られるし。うまく息抜きしないとな。空は頑張りすぎるから」

買い被りだ。自分は全然頑張れてなどいない。面接を受けながらも『どうせ落とすんだろ?』なんて内心では斜に構えて。

「世の中、真面目なやつほど疲れるようにできてるもんだ」

空は水滴をまとったグラスをじっと見つめながら言った。

「僕は、頑張ってもいないし、真面目でもないです。本当は……」

自分は何を言おうとしているのか。空はぎゅっと唇を噛んで、その上から拳《こぶし》で唇を押さえた。

隼人の手がのびてきて、空の拳を唇から引きはがした。

「たまっていることは、吐き出しちゃった方がいいよ」

空の目をじっと見つめながら、ゆっくりとやさしく言う。

空はこらえきれずに、顔を歪ませた。

「……僕は最低の人間なんです。OB訪問の結果が思わしくなかったって関根から聞いたときは、内心ほっとしてた。それが思いがけず内定が出たって聞いて……おめでとうって言ってみせたけど、本当は祝福する気持ちなんてなかった」

テーブルの上の自分の拳が震えているのが見えた。人は感情をかき乱されると本当にこんなふうに震えたりするのかと、どこか他人事《ひとごと》のようにその手を見つめながら、空は言葉を続けた。

「それどころか、すごくショックで、腹が立ちました。なんでわざわざそんなことを報告しに来るんだって。まだ内定が出てない僕へのあてつけかよって」

少し驚いたような表情で何か言いかけた隼人を遮って、空はなおも続けた。

「被害妄想だってことはわかってます。関根は本当に隼人さんの料理と僕に、感謝の気持ちを伝えたかったんだと思います。あいつはいいやつだから」

自分はちゃんと客観的な視点も持ち合わせているとアピールして、この期《ご》に及《およ》んで少しでも心証を良くしようとしている自分が滑稽《こっけい》だった。どう取り繕ったって、もうぶちまけてしまったのだ。空の心の醜さは、すっかり隼人にばれている。

「でも、関根の買い被りだ。僕は励ました覚えなんかない。それどころか関根のOB訪問の苦戦を自分の安心材料にしてたんです。なのに、おまえのおかげだなんて持ち上げられて……。本当は自分の実力で勝ち取ったってわかってるくせに、感謝してみせるふりで、善人気どりで内定をひけらかしに来たのかよって」

胸が悪くなるような自分の本音に、身体が内側から腐敗していくような気がした。空はかぶりを振って、テーブルに顔をうつむけた。

「……違う。関根がそんなやつじゃないことはわかってるんです。けど、そんなふうにひねくれたことしか考えられなくて……」

空は震える手を組み合わせぎゅっと力を入れ、なんとか自分の興奮を抑えようとした。

時間が遅いせいか店は空いていて、周囲は空席だったが、ここは感情を爆発させていいような場所ではない。

隼人が買ってくれたアイスコーヒーにストローを差し、半分ほどを一気に吸い上げた。普段は飲まないブラックの強烈な苦みが、気持ちをいくらか落ち着かせてくれた。

「見苦しいところを見せて、すみませんでした」

激情して隼人の前で醜悪な本音をさらしてしまったことがひどく恥ずかしくなって、空は席を立った。

隼人は手をつけていないコーヒーをトレーごと返却口に置いて、空と一緒に店を出た。

顔を見るのが怖かった。きっと呆れてうんざりしているに違いないと思うと、一刻も早く隼人の前から立ち去りたかった。

視線を伏せたまま会釈をして、今度こそ駅に向かおうとした空の腕を、隼人がぐいと引いた。

「泊まっていけよ」

そう言って、空の腕を強引に引っ張って横断歩道を引き返す。

「待ってください、帰ります」

「そんな顔で一人きりの部屋になんか帰せねえよ」

意味ありげな目でそんなふうに言われたら、どんな顔をしているのか不安になって、ますますいたたまれなくなる。

交差点を渡り切ったところで、空は隼人の大きな手を振りほどいた。

「僕は一人になりたいんです」

隼人の視界から消えたい一心で、言動を取り繕う余裕がなかった。感じの悪さに引かれたに違いないと思ったが、隼人の口元にはなぜか笑みが浮かんでいた。

「案外強情なところもあるんだな」

それは子供じみているという意味かと一瞬考え込んだ隙に、再び腕を摑まれた。

「強情さなら、俺も負けてないけどな」

「あの……」

「戻るよ」

「でも」

「いいからおいで」

「帰ります」

「ダメ」

何を言っても一刀両断にされてしまう。

路上で争う気力もついえて、空は隼人の家に連れ戻された。

隼人は店ではなく家の勝手口から空を中へあげ、居間を通らずに二階へと促す。家族に会わないように配慮してくれたようだが、階段の上がり口で、洗面所から出てきたかなえと鉢合わせてしまった。

かなえは空を見て「どうしたの？」と目を丸くする。

「ちょっと体調悪そうだから、今日はうちに泊める」

「大丈夫？」

隼人の適当な説明に、かなえが心配顔になる。

「大丈夫です。すみません、お邪魔して」

なんとか愛想笑いで応じ、隼人の部屋へと通された。

隼人が何か言いかけたとき、部屋のドアが勢いよく開き、ひなたが顔を覗かせた。

「空ちゃん、具合悪いの？　大丈夫？　ひなの熱中症が移った？」

「熱中症は移らないし、空は大丈夫だ。もう遅いから寝る支度しろよ」

隼人がなだめてひなたをドアの外に追いやると、入れ違いに佑太が顔を出す。

「具合悪くないなら、一緒にお風呂入ろうよ！」

「あー、風呂はさっぱりしていいかもな。空、佑太と入る？」

空は頑《かたく》なにかぶりを振った。

「じゃあ佑太はじいじと入ってこい」

「ちぇっ」

子供たちが出ていき、隼人が再び何か言いかけたとき、ドアがノックされた、隼人がずるっとのめるふりをする。今度はかなえだった。

「体調、ホントに大丈夫？　何かお薬いる？」

「大丈夫。疲れてるだけだと思うから」

「ホント？　何かあったら遠慮なく声をかけてね」

空に視線を向けて、かなえは母親の顔で微笑んで、ドアを閉めた。

「悪かったな。一人になりたいって言ってたのに、なんかわさわさしちゃって」

「いえ……」

ぼそっと返す空の声にかぶさるように、再びドアがノックされる。

隼人はうんざりしたように天井を眺め、一つため息をついてからドアを開けた。今度は昭介《しょうすけ》だった。

「飲むか？」

ドアの隙間から、缶ビールが二缶差し入れられる。

「ああ、サンキュー」

昭介は空に微笑みかけ、「足りなかったら取りにおいで」と言い置いて、去っていった。

「……うざい一家だって思ってる？」

隼人が冗談めかした口調で訊ねてくる。

もう本性はバレている。空は正直に「そうですね、少し」と答えた。笑い出した隼人を見て「でも」と続ける。

「嬉しいです。誰かに気にかけてもらえるなんて、普段の生活では全然ないから」

隼人は「飲む？」と缶ビールを空に手渡してベッドに腰掛け、隣をポンポンと叩いた。

「座るところがここしかなくて悪いけど」

「いえ」

空は一人分の間をあけて、隼人の隣に腰を下ろした。

「さっきの話だけど」

「……どのさっきですか？」

空がぼそっと問うと、隼人は缶を手の中でもてあそびながら微笑んだ。

「関根くんのこと。案外、空の言った通りかもよ？」

「え？」

「そうと意識してか無意識かは別にして、関根くんはお礼を建前にして、内定をひけらかしたかったのかもしれない」

さっきは自分でそう言っておきながら、隼人の口から同じことを言われると、それは違うと思えた。

「関根はそんなやつじゃないです」

「うん。でも、関根くんの本音は、関根くんにしかわからないよね。空の本当の気持ちに関根くんが気付いていないのと同じで」

自分の中に渦巻く関根へのマイナス感情を省みて、空はうなだれた。

「誤解するなよ。責めてるわけじゃない。空の気持ちはよくわかるよ。俺も就活中は殺伐とした気持ちになったもんだ」

「……隼人さんに、僕の気持ちはわからないと思います」

名のある商社の内定をもらい、しかも数年であっさり退職した人には。

再び膨れ上がるマイナス感情が鬱陶《うっとう》しくて、空はそれを振り払うようにかぶりを振った。

「ごめんなさい」

隼人はふっと笑った。

「いや、こっちこそごめん。人の気持ちはわからないって言っておきながら、空の気持ちがわかるとか、調子良すぎだよな」

「そんな……」

「しかも、結果的にはまあそこそこの会社の内定もらった人間が、何を空々しいって」

「……すみません。本当に性格がねじけてて」

「そんなことないよ。頑張りすぎてちょっと疲れてるだけだよ」

隼人の手が、労《ねぎら》うように空の頭を撫でた。感情的にいっぱいいっぱいなときにやさしい言葉をかけられて、目のふちと喉の奥が焼けるように熱くなった。

「ねじけてるのは昔からです。僕の頭の中は、いつもマイナス感情でいっぱいなんだ。なんで自分にばっかり悪いことが起こるんだって、恨んで、ひがんで……」

今まで誰にも打ち明けたことのない、空の本音だった。つらいと感じたときには、努力が足りないせいだと自分に言い聞かせてきた。家族の縁が薄い人間はたくさんいるし、奨学金をもらっている学生だって、なかなか内定が出ずにもがいている学生だって掃いて捨てるほどいるのだ。自分だけがつらいなんて思うのは、自己憐憫に過ぎないとわかっている。

歯を食いしばって生きてきた。もっとつらいときだって、誰にも愚痴などこぼしたことはないし、人前で泣いたこともない。

それなのに、どうしてこんな些細なことでダムが決壊してしまったのだろう。

「……中学生のときに父親が入院して、もともと貧しい家だったけど、本当に金がなくて、腹が減って、コンビニで万引きしようとしたことだって何回もあったし……」

膝に置いた手の甲に、熱いしずくがぽたぽたと滴った。

「最初に引き取られた叔父の家から施設に移るときも、どうせ叔母の差し金で追い出されるんだって、口には出さなかったけど、心の中でひがんで、憎んで……」

叔父の家に帰省すると、いつも不自然なほど豪華な食事で歓待された。空を施設へと追いやった叔母の罪悪感がそうさせることに、空は子供心に気付いていた。

一度決壊した感情のダムはもう制御できなかった。一番知られたくなかった相手の前で、今まで誰にも言ったことがない自分の醜い部分を洗いざらいぶちまけるのは、魂の自傷行為だろうか。

「関根は、僕のことを陰口を言わないいいやつだって言ってくれたけど、口さがない同級生たちの何倍もひどいことを、いつも心の中では考えてました。内定が出たやつの会社が潰れればいいって思ったことだってあります」

自分の醜さに絶望して、空は啜《すす》り泣《な》いた。

本当につらいのは、貧しさや、将来の不安や、内定が出ないことそのものではない。そのことによってどんどんいびつになっていく自分の心のありようがつらかった。

隼人の手が肩に置かれ、やさしく引き寄せられた。

「いろいろ我慢してたんだな。つらかったよな」

やさしくされたらもっと涙が溢れ、同情してもらうことさえ申し訳なくなる。

「本当に、僕は最低の人間なんです。昭介さんに自転車をぶつけてしまったときも、一瞬逃げようと思ったんです。怪我《けが》の心配をするより先に、保身を考えた」

自分の父親を当て逃げしようとした男。いくら隼人が情に篤《あつ》いいい人でも、これはさすがに許せないに決まっている。

裁きを待つ空の肩を、隼人はやさしく撫でた。

「空は、すごく善良な人間なんだよ」

聞き間違えかと思うようなことを言う。

「どうして……。僕がいかに最低か、今、話しましたよね?」

「善良すぎるから、真っ正直にそうやって自分を責めるんだよ。空が思ったようなことは、誰だって思うことだ。俺も就活中に事故ったら、まず最初に自分のことを考えたと思う」

そんなことはない。隼人はきっと考えるより先に相手を助けるに決まっている。

「考えるのと、それを実行に移すのとでは、天と地ほどの差がある。万引きも当て逃げも、考えただけで実行に移してないだろ？　しかもやってもいないことにそんなに罪悪感を感じてる。それは空が善良な人間だからだよ」

「違います」

「違わないよ。……俺はさ、義兄をぶっ殺したいって思ったことがあるよ？」

いきなり剣呑な声で物騒なことを言われ、空は驚いて泣きぬれた顔をあげた。

隼人は何かを思い出すようにじっと宙を見つめていた。

「姉貴の別れた夫は、暴力衝動を抑えられない男だった。姉貴が腕を骨折したって知ったとき、はらわたが煮えくり返って、ぶっ殺してやる、って思ったよ」

姉であり、初恋相手でもある女性への強い愛情を感じて、空は一瞬自分のことを忘れた。

「もちろん、実際にぶっ殺したりはしなかったけど。……こんな物騒な男は軽蔑する？」

「……いいえ」

「ありがとう。まあ、俺の例は極端だけど、人間なんてみんなそんなもんだと思うよ。腹の中まで澄み切って真っ白なやつなんていないよ。それどころか大変な状況で愚痴もこぼさずに頑張ってきた空は立派なもんだよ」

「……こぼす相手がいなかっただけです」

ずっと、一人だった。誰をどう信じればいいのかわからなかった。

静かにこちらをうかがっている男の顔を、空は見つめ返した。どうして隼人の前で、こんなふうに感情を爆発させてしまったのだろう。

隼人にだけは、こんな自分は知られたくなかった。でも、隼人だから言えたような気もする。母親の残した店と家族を何よりも大切にしている、あたたかい人。

コンビニに用事があったというさっきの言い訳も、多分嘘だろう。空の様子がおかしいのを心配して、追いかけてきてくれたに違いない。

家族にだけじゃなくて、ただのバイトにまでやさしい。

なんだかまた泣いてしまいそうになって、それをごまかそうと、空は無理やり笑ってみせた。

「なに?」

「隼人さん、やさしいなって思って。初対面のときは、すごい怖そうで正直ビビっちゃったんですけど」

「失礼だな」

「すみません」

「いいけど。よく言われるし」

隼人は苦笑いして、空の肩を揺さぶった。

「強面は治せないけど、こう見えて情には篤いよ？　動物のドキュメンタリーとか見て泣いちゃうタイプだから」

冗談めかして気分を上げようとしてくれている隼人の心遣いが見えて、空はあえてそれに乗った。

「マジですか？」

「マジマジ。捨て猫とかつい保護して里親探しとかしちゃうよ、俺」

「ああ、なんとなくそれはわかります」

「だから空も、もうちょっと気を楽にして生きても大丈夫だよ。何かあったら、いつでも頼れよ」

そんなふうに言われて、胸がいっぱいになる。どんな顔をすればいいのかわからなくて、心にもない憎まれ口を叩いてしまう。

「捨て猫扱いですか」

「照れ隠しを察してよ。空は半分うちの家族みたいなものなんだから、困ったことがあったら、俺でも姉貴でも親父でも、誰でもいいからとにかく頼れ」

家族という言葉の響きに戸惑っていると、隼人は苦笑いを浮かべた。

「あ、また偽善者とか思った？　別に口先だけで言ってるわけじゃないぞ。前にも言ったけど、うち、大人は誰も血縁関係ないから。それでもちゃんと家族として成立してるだろ？　垣根が低い家なんだよ。いつでもウェルカムだ」

「……ありがとうございます」

うつむきがちに答えながら、安らぎと緊張という相反する感情が、抱かれた肩から全身に広がっていく。

好き、という気持ちが突然膨れ上がって、空を動揺させる。それは隼人が言ってくれたような家族的な感覚ではなく、恋愛的な情動だった。

空は激しく拍動する胸を拳で押さえて、突然湧いて出た気持ちが溢れださないように押し込めた。

何を考えているんだ。こういうことにならないように、あくまでもバイト先の雇用主って思うようにしてきたのに。

でも。逆に考えれば、意識してそんなふうに考えなくてはならないほどの危機感を、無意識に感じていたということだ。

もうずっと前から。

自分の下心を強く自覚したとたん、こうして隼人のベッドに座っていることに居心地の悪さを感じた。

「どうした？」

空の無言の動揺を察してか、隼人が顔を覗き込んでくる。

「なんかバカみたいに泣きわめいたりしたら、すっきりしたけど疲れたな、って」

内心の混乱を押し隠すようにちょっとおどけて言ってみせる。

「もう寝るか？　俺は店の後片付けを終わらせちゃうから、その間に風呂入ってくれば？」

「いえ、あの、やっぱり帰ります」

空がまだ何かわだかまりを抱え込んでいるのではないかと疑うように、隼人が眉根を寄せる。

空はこの場をさりげなく立ち去る言い訳を、回らない頭で画策する。

「一人暮らしに慣れてると、自分の部屋の方がよく眠れるから」

結局いい口実を思いつけずに、そんな身も蓋《ふた》もない言い方になってしまい、慌てて付け加える。

「でも、引き留めてもらってありがたかったです。さっき、あの気持ちのまま帰ってたら、今頃ずっと悶々《もんもん》としてたと思うから。隼人さんに話を聞いてもらって、すごく気持ちが楽になりました。勝手にひがんだり妬《ねた》んだりしてた自分はなんだったんだって、冷静になれたし」

それは心からの本音だった。誰かに胸の内を聞いてもらうことが、こんなに気持ちを軽くするなんて知らなかった。

唐突に自覚した恋心が、何もかもを吹き飛ばしてしまったということもあるけれど。

空の表情をじっと見入っていた隼人は、やがて納得したように口角を上げた。

「実際、この家はプライバシー皆無な騒々しさだもんな。ゆっくり眠れないよな」

よっ、と勢いをつけて立ち上がる。

「空の気持ちが落ち着いたならよかった。しっかり寝て、明日はまた元気にバイト頼むよ」

さっきコンビニに寄り損ねたからと言って、隼人は駅まで空を送ってくれた。

自覚したばかりの気持ちに戸惑い、となりを歩く隼人に向かって空の神経は研ぎ澄まされていく。意識しすぎて、「蒸し暑いな」とか「星が見える」とか、隼人がさりげなく会話の糸口を向けてくれるのに、うまい受け答えもできなかった。

駅で隼人と別れたあとも、ふわふわと雲の上を歩いているような心地で、空は自分のアパートにたどり着いた。

賑やかな堤家《つつみけ》との対比で、ワンルームの小さな部屋はよりこじんまりと静まり返っていた。

誰もいない空間にほっとすると同時に、今まで特に感じたこともなかったもの寂しさを覚えた。

大学を卒業したら、必然的にこの部屋を出ていくことになるけれど、その先もずっと一人だということに変わりはない。

隼人への恋心を自覚したところで、なにひとつ変わることはない。

『迂闊《うかつ》に同性にそういうことを言わない方がいいよ』

やさしく諭してくれた初恋相手の言葉を思い出すまでもなく、空は隼人に自分の気持ちを告げるつもりはなかった。

堤一家との穏やかであたたかい関係を卒業まで繋いでいけるなら、それが無上の幸せだ。

そう思いつつも、机の上で開きっぱなしのペンケースを見たら、柄にもない出来心が湧き起こった。

ほとんど減っていない消しゴムを、黒と青のストライプのスリーブから引き出す。真っ白な側面にマジックで隼人の名前を書いた。

そんな子供じみた行為に、心臓が痛いほど暴れ出し、ペンを持つ手に汗が滲んだ。

いったい何をしているんだろうと、自分に呆れてすぐに消しゴムをスリーブに戻す。

消しゴムはもう一年以上前に買ったものだが、まだ新品に近い。大学生になってから、提出物はすべてPCで作成し、下書きや講義のノートもペンを使うことが多く、消しゴムはほぼ使わなくなってしまった。

『使い終わるころに両思いになれるんだよ』とひなたが目を輝かせて教えてくれたのを思い出して、一人苦笑いする。この消しゴムを使い切る日なんて絶対にこない。

空はしばし手の中の消しゴムを見つめ、ポストから取ってきたピザ屋のチラシの上をごしごしこすってみた。相当な力でごしごしやっても、消しゴムはちっとも減らなかった。

ムキになってこすっているうちに、だんだんおかしくなってきて、一人きりの部屋で空は声をたてて笑ってしまった。

小学生の間で流行しているおまじないを、こっそり試してみるなんて、我ながらおかしすぎる。

叶う可能性なんて一パーセントもない恋だ。そもそも叶ってほしいなんて一ミリも思っていない。

それなのに、子供じみたおまじないの儀式は、思いのほか空の気持ちを高揚させた。

最近は就活でいっぱいいっぱいで、それ以外のことに気持ちを振り向けるゆとりがなかった。

こんな些細ないたずらが心を潤してくれることを、久しぶりに思い出した。

5

好き、と自覚すると、隼人《はやと》の存在が今まで以上にきらきらして見えた。きりりとした面差しも、料理を作る大きな手も、金の粉をまぶしたように輝いて見える。

内定も出ず、先の見えない不安は相変わらずだったが、胸に灯った恋心は、空《そら》を励まし癒した。

何のために生きているのか、この先何かいいことがあるのか、などと自問してしまうことがこれまで度々あったけれど、最近、そんなややこしい自問は意味がないんじゃないかと思うようになっていた。

目的やゴールは必要なことだけれど、今まで空はそれをマイナスのプレッシャーにしか感じていなかった。

ゴールできなければすべてが無なのかといえば、きっとそんなことはない。

たとえば、今こうして隼人の隣でジャガイモの皮むきをしている瞬間に、ふと無上の幸せを感じる。目的とかゴールとか何も関係ない、とるに足らない日常のひとこまに、生きていることの喜びをしみじみ思う。

それはきっと、置かれた境遇とは関係なく誰でも感じられることで、でも空は今まで気付けずにいただけだった気がする。

「何かいいことあった？」

となりで皮むきをしていた隼人にいきなり訊かれて、空はちょっと焦った。

「どうしてですか？」

「いや、なんか楽しそうな顔してるから」

好きな人ができてから、毎日が輝いているなんて、もちろん本人に言えるはずもない。

だが、ちょうど隼人に報告しようと思っていたうってつけの話題があった。

「今日、学校で関根《せきね》にいきなり靴のサイズを訊かれたんです」

「関根くん？」

「ええ。就活用の靴を買い替えた矢先に内定が出て、まだおろしてないから、サイズが合うようなら使ってほしいって。内定先の会社は服装がカジュアルだから、通勤も黒の革靴は履かないからって」

「通勤には履かなくても、社会人なら持ってても無駄にはならないと思うけど」

「ですよね。多分、親切心で言ってくれたんだと思うんです。僕の靴が相当傷《いた》んでるのに気づいて」

ナイフを止めて、空の表情をうかがうようにこちらを見ている隼人に、空は笑ってみせた。

「この間、隼人さんに話を聞いてもらってなかったら、関根の好意をちゃんと受けとめられなかったと思うんです。内定もらった人間の余裕かよとか、施しのつもりかとか、最低な受け取り方をしてたような気がします」

関根にそう持ち掛けられたときのことを思い出し、空は胸があたたかくなるのを感じた。

「でも、実際にはそんなこと全然思わなかった。関根の気持ちが嬉しくて、泣きそうになりました。サイズが五ミリ大きかったけど、中敷きを入れて使わせてもらうことにしました」

「よかったな」

そんな話をしていると、厨房《ちゅうぼう》にランドセルを背負った佑太《ゆうた》が「ただいま」と飛び込んできた。

「空ちゃん、こんな時間からこき使われてるの？」

「おかえり。こき使われてるわけじゃなくて、勝手に手伝ってるんだよ」

「まだバイトの時間じゃないでしょ。今日も宿題見てくれる約束じゃん」

「はいはい、空ちゃん貸し出すよ」

隼人が笑って、空の手からピーラーを取り上げる。流しで手を洗いながら、空はふと思い出す。

「例の消しカスだんご、まだ流行《はや》ってるの？」

「今は消しカスそうめんだよ。消しカスを細く伸ばして、長さを競争するんだ。今んとこ克也《かつや》が一番なんだ」

だんごかそうめんかはともかく、消しカスの需要はあるらしい。

空はメッセンジャーバッグのポケットから、封筒を取り出した。

「これ、使える？」

佑太は封筒の中身を覗き込んで、目を輝かせた。

「うわ、消しカスいっぱい！　すげー」

ひなたのおまじないをつい試してみたときに出た消しカスだった。ごみ箱に払い落とそうとして、ふと佑太のことを思い出したのだ。

「もらっていいの？　ちょー嬉しい！」

「こんなもので喜んでもらえるなんて、変な気持ちだけど」

「さすが空先生。子供心をわかってるな」

隼人が面白がって茶化してくる。

少し遅れて帰ってきたひなたも加わって、いつものように三人で宿題をやる。子供たちのノートやプリントの端に説明や計算を書き添えてやるために、空はここでだけシャープペンシルと消しゴムを使う。自分の生活ではもう過去のものになりかけている文房具を使うのは、なんだか新鮮でとても楽しかった。

こんな時間が永遠に続けばいいのにと、ここに来るたびに思う。だが、期限は決まっている。ここに通えるのは長くても来年の三月まで。

このまま正社員の内定がもらえなければ、契約でも派遣でも、とにかく職を得なければいけない。

先のことを考えると、相変わらず不安で暗い気持ちになってしまうが、だからこそ今を大切にしたいと強く思う。少なくともここにいる時間は、今を楽しみたい。ひなたや佑太が、常に目の前のことに夢中になっているように。


その日もバイトを終え、空は帰り支度をしながら隼人と談笑していた。

そこに奥から昭介《しょうすけ》がひょこっと顔を出した。

「隼人、消しゴムが落ちてたぞ」

そのときはまだ、事の重大性に気付かず、隼人と昭介が話している間に空は携帯のマナーモードを解除して、バイトの間に入ったメールをチェックしていた。

「俺のじゃないけど」

「だっておまえの名前が書いてある」

聞き流していた二人の会話が、不意に脳内に太字で再生され、空は顔を上げた。

昭介の手から隼人の手に移動する、青と黒のストライプが目に飛び込んでくる。

ざっと血の気が引いて、数秒後に一気に倍量になって顔に逆流してきた。

隼人が消しゴムをスリーブから引き出すのを見て、空はうわずった声をあげた。

「あの、今日はこれで失礼します」

「お疲れさん」

そう言ってこちらを見た隼人は、空の顔を見て目を丸くしたような気がした。

何か言いかけた隼人の口元から目を逸らして、空は逃げるように店を出た。

頭の中は混乱しきっていた。

子供たちの勉強を見てやっていたときにうっかり落としたのだろうか？　ひなたか佑太のノートに挟まったまま、奥に持ち込まれてしまったのかもしれない。

まさか、こんなことになるなんて。どうして持ち歩いたりしたのだろう。……多分、わずかでも使う機会を得て、消しゴムをすり減らしたかったのだ。

ほんの冗談のつもりだったのに。叶うはずないし、叶ってほしいとも思っていなかった。それなのに、肌身離さず持ち歩いて、少しでも小さくなりますようにと使っていた。

隼人は気付いただろうか。あれが空のものだということに。おまじないの意味に。

「空！」

背後から呼び止められて、空は跳びあがりそうになった。聞こえてないふりでそのまま足早に歩き続けると、軽快な足音が追いかけてきて、もう一度呼び止められた。

覚悟を決めて足を止め、振り返る。隼人はすぐに空に追いつき、目の前で止まった。

「これ、空の？」

消しゴムをかざして、単刀直入に訊ねてくる。

空はすっかり動揺し、視線を泳がせた。どうしよう。自分のものではないと、しらを切り通そうか。

「佑太たちと勉強するときに、使ってたよね？」

だが重ねてそう問われて、逃げ道を失った。隼人がどんな顔をしているのか、確認するのが怖い。心臓がばっくんばっくんと暴れまわり、耳が焼《や》け焦《こ》げそうに熱い。

せめてどうか、隼人があのおまじないを知りませんように。

ひたすら祈る空の思いとは裏腹に、隼人ははっきり言った。

「それ、ひなたが教えてたおまじないと関係ある？」

顔は強張り、喉がからからだった。どうしよう、どうしよう……。

「佑太にあげた消しカスも、それと関係あるのかな」

消えてなくなりたいと思った。こんな形で露呈するなんて。

小学生に教えてもらったおまじないを実践する男。消しゴムに名前を書いて、それを必死ですり減らして願掛けするとか……。

違う、本気で願掛けしたわけじゃない。叶ってほしいなんて思っていなかった。こんなかたちで隼人に不快な思いをさせることになるなんて、想像もしていなかった。

「すみません、あの、そんなに、そんなにあの、深い意味はなくて、なんとなく書いてみただけで……」

この期《ご》に及《およ》んで必死で言い訳する自分の見苦しさにうんざりした。

この半年の、さまざまな場面を思い出す。空にとっては嬉しかった数々のことが、今隼人の中では一気に思い出すのも胸糞悪《むなくそわる》い出来事に変わっているのではないだろうか。

二人の間に重い沈黙が垂れ込める。

やがて隼人が口を開いた。

「空はさ、同性を恋愛対象にできる人?」

ずばりと切り込まれて、空はその場に土下座して泣きたかった。

「……すみません。そんなつもりじゃなかったんです。不快な思いをさせて、本当に、あの……」

「ちょっと待って。落ち着いて。誤解してるみたいだけど、責めてるとかそういうことじゃ全然ないんだから」

隼人はそう言うと空の手を引っ張って、消しゴムを握らせてくれた。

「ごめん、俺も予想外のことだったからテンパっちゃって、訊き方が無神経だったな」

言葉を探すように間を置いて、隼人は言った。

「男同士でつきあうとか、考えたこともなかったから、正直びっくりした」

手の中の消しゴムが、汗で滑る。うつむいていた頭をさらにうなだれて、震える声で懇願した。

「本当にすみません。どうか、なかったことにしてください」

「知っちゃったことを、なかったことになんかできないよ」

あっさり切り返されて、空は唇を噛んだ。当然のことだ。不快な思いをさせておきながら忘れてくれなんて、虫がいいにもほどがある。

起こってしまったことは、なかったことにはできない。そこはもう、どうにもならない。この最悪の状況の中で、自分にできる最良のことはなんだろう。

「あのさ、こういう言い方で語弊《ごへい》があったら申し訳ないんだけど……」

続く拒絶の言葉に身構え、空は身を固くした。

「まずは友達からっていう感じで、どうかな」

「……え？」

予想外の返しに、空は思わず顔をあげてしまう。困ったような表情でこちらを見下ろしている隼人と目が合い、やっと頭が回り出す。

そうか、これは穏便な断り文句なのだ。こんなときでもやさしい隼人は、空を傷つけないように、婉曲《えんきょく》にノーを伝えているに違いない。

「気を遣わせて、本当にすみません。あの、……バイトももうやめた方がいいですよね」

「は？」

唖然としたように問い返され、無責任を責められたのかと慌てて付け加える。

「もちろん、次の人が見つかるまでは、責任を持って働かせてもらいます。あの、今までみたいに入り浸って佑太くんやひなたちゃんと親しくするようなことは自重しますし、」

「待てって。俺は前向きに検討したいって言ってるのに、なんで辞める話になるの？」

「……前向き？」

隼人は頷き、ちょっと考え込むようにこめかみを掻いた。

「正直、予想外の展開でまだ頭の整理がついてなくて。癇《かん》に障《さわ》ったらごめんな。あのさ、もし空が女の子だったら、俺はとっくに恋におちてたと思う」

　空は動揺してまた目を泳がせた。それは喜ぶべきことなのか。それとも男だという時点で問題外だと言われているのだろうか。

「だけど自分の常識の中に、同性を恋愛対象にしていいっていう認識がなかったから、無意識にそういう対象から除外してた」

　大概の人間はそうだろう。トランスジェンダーについてメディアで語られることが増えても、ほとんどの人にとってそれは自分とは関わりのない事柄に違いない。

「でも、今日、空が恋愛対象にしていい相手だってわかったから、自分の常識をとっぱらってそういう目で見させてもらう。……っていうか、それなら友達からって表現は変だよな。お試し期間的な？　試すっていう響きもなんか抵抗あるけど」

　空の想いを真剣に汲んでくれようとしている隼人の人柄に、目の奥が熱くなった。

「ありがとうございます。あの、そんなふうに考えてもらえただけでも、僕にとっては本当に幸せでした」

「待て待て。なにさりげなく過去形にしてるんだよ。今から始まるんだから、もっと前向きに俺を落としに来てよ」

　冗談めかして言ってくれる隼人に、空はなんとか笑顔を作って返した。

「嫌悪感をあらわにされなかっただけで、すごく嬉しいです。それ以上のことなんて、最初から望んでいませんから」

隼人は腕を組んで、じっと空を観察するように見つめながら「考えたんだけど」と言った。

「空はもう家族みたいなものだからって、言ったじゃん？」

「……はい」

「たとえば、昼の時間帯にパートに来てくれてる柏瀬《かしわせ》さんが、何か悩んでたとして、俺は引き留めて家に泊めたり『もう家族みたいなもんだから』って言ったりするかなって。……どう考えてもしないよなって。その時点で、やっぱり俺は空を特別視してたんだろうと、今激しく自覚してる」

「それは天涯孤独な大学生への同情心だと思います」

「柏瀬さんだって、旦那さんを亡くして独り身だよ」

「でも、柏瀬さんは人生経験も豊富で危なげないから」

隼人はふっと笑った。

「なんとしても自分は対象外だって思いたいらしいけど、そこはお試し期間でおいおい納得しあっていこうよ」

隼人は大きな手で空の頭をくしゃっと叩いた。空の気持ちを知っても、抵抗なく触れてくれることに涙が出そうになる。

「これだけは約束する。俺は同情で気を持たせるようなことはしないよ。無理ならちゃんと無理って言うから。まずはよろしくってことで」

こんな流れになるなんて思っていなかったから、空はどう反応していいかわからず、ぼそっと呟く。

「……就活より緊張します」

「ごめん、お試し期間なんて言っちゃったから、プレッシャーだよな。なるべく早めに返事するから」

「いえ、全然！　ゆっくりで大丈夫です！」

思わず前のめりに力説してしまう。お試し期間の間は恋人候補として見てもらえるのだと思えば、それは長ければ長い方がいい。最初からいい結論なんて期待していないだけに、余計にそう思ってしまう。

隼人はまた笑う。

「じゃ、手始めに家まで送るよ」

空は動揺してかぶりを振った。

「そんな、まさか」

「なんで？　恋人なら普通のことだろ？」

「……恋人じゃありませんから」

「まだ正式には、ね。でも、この状況で一人で帰したら、空はろくなことを考えないで、またぐるぐるしそうだから」

さすがに後ろ向きの性格を見抜かれている。

そこから二駅のアパートまで隼人は本当に送ってくれ、空が中に入るのを見届けて帰っていった。

まさか前向きに考えるなんて言ってもらえるとは思ってもいなかった。結果断られたとしても、一瞬でもそういう対象として扱ってもらえただけで、空には奇跡のような出来事だった。

ふと、消しゴムを握りしめたままだったことを思い出す。

汗ばんだ手に張りついたそれを、空は引き出しの奥深くに押し込んだ。

今日の出来事で、人生の運をすべて使い果たしてしまった気がする。もう、内定なんて永遠に出ないかもしれない。

それでもいいと思えた。一瞬でも、たとえ同情でも、今日隼人にもらえたやさしさだけで、この先の人生を頑張れるような気がした。

翌日からのバイトは、今までとはまるで違う空気感だった。傍から見たらなにひとつ変わっていないはずだけれど、恋心を隼人に悟られているのだと思うとひどくそわそわして、一挙手一投足に緊張した。

普通と違う性指向を知られたあとで、今まで通り子供たちと親しく接していいのか悩んだが、隼人は「そんなことで悩む必要は全然ないよ」と笑った。

「テストの点数がぐんとよくなったって、姉貴が喜んでたよ。忙しいだろうけど、相手してもらえたら助かるよ」

その言葉に安堵して、バイトの前にはこれまでと同じように子供たちと楽しい時間を過ごした。変わったのは消しゴムくらいか。隼人の名前を書いた恥ずかしい消しゴムは机の奥にしまい込んだままで、新しいものを買い求めた。すぐに子供たちがそれに気付いて、隼人がいるところで『空ちゃん、消しゴム変えた?』と訊かれたときには、顔から火が出そうになった。

隼人の態度はこれまでと全く変わらなかったし、あの日の出来事を蒸し返すような言動もなかった。もしかしたらあれは空の妄想で、本当は何もなかったんじゃないかと思うほどだ。ただひとつ、前よりも頻繁に隼人の視線を感じるようになった気がする。もっとも、それすら空の自意識過剰が生んだ妄想かもしれないけれど。

何事もなく一週間ほどが過ぎたあと、仕事終わりに隼人に声をかけられた。

「明日、面接とかある？」

空は翌日の予定を頭の中に呼び出した。

「いえ」

「それじゃ、どこか行かない？」

「え？」

問い返しながら、そういえば明日は店が定休日だったと気付く。

「どこかって……？」

「んー、映画とかどう？　いわゆるデート的なとこ」

デート、という響きに、顔がかっと熱くなるのがわかる。

「そ、そんな、とんでもないです！」

「とんでもないってなんだよ」

隼人が失笑する。

「お試し期間なんだから、デートくらいつきあえよ」

「でも……」

「大学は？」

「もうほとんど夏休みに突入してます」

「じゃ、十一時ごろ待ち合わせて、食事して映画はどう？」

おたおたしているうちに、隼人はさっさと段取りを決めてしまった。


デートなんて、空想の中だけの出来事だと思っていた。

隼人と向かいあって食事をしながら、いまだに空にはこれが現実のこととは思えなかった。

考えてみれば、店以外で待ち合わせして会うこと自体初めてだった。

バイト先のボスの顔ではない、プライベートの隼人。

「こっちも食べてみる？」

隼人は自分の皿のアマトリチャーナを小皿にとりわけてくれて、「そっちも一口もらってい い？」と空のラビオリを皿からすくいとっていく。

自分の食べかけに何の抵抗もない様子を見ただけで、ひどく感激して涙ぐみそうになる。

「ん、辛《から》かった？」

「そんなことないです。美味しいです」

本当は緊張して味などわからなかった。アイスティーを飲んでなんとか気持ちを落ち着かせているど、隼人は天気の話でもするような気楽な口調で訊ねてきた。

「あのさ、いつも佑太の風呂の誘いを断るのって、空の性指向と関係ある?」

空はアイスティーにむせ返った。

「大丈夫?」

隼人がおしぼりを手渡してくれた。

見抜かれていたことに動揺し、空は視線を泳がせた。

「……っ、大丈夫です、あの、僕はゲイだけど、佑太くんみたいな小さな子に変な気を起こすようなことは絶対にないですから!」

「そんなのわかってるよ」

隼人は笑う。

「そういうことじゃなくてさ、逆に今思えば、空は気を遣ってたのかなって。深読みしすぎで見当外れだったら、かえって失礼だけど」

「……いえ。僕にはひとかけらもおかしな気持ちはないって誓えるけど、もし万が一自分の性指向を知られたときに、佑太くんが嫌な思いをしたら申し訳ないなって」

「やっぱり気を遣ってくれてたんだな。そういうとこ、繊細でやさしいよな、空は」

「やさしくなんかないです」

「がさつな俺から見たら、すげえやさしいって」

「隼人さんこそ全然がさつなんかじゃないです。やさしくて、面白くて、かっこよくて……」

気付けば自分の好きなところを並べ立てていた。顔がほてるのを感じて口を噤《つぐ》む。そんな空の反応を見て、隼人は鷹揚《おうよう》に微笑んでいる。

しばらく雑談したあと、隼人が顔をのぞきこんできた。

「あんまり食べてないけど、食欲ない？」

気を遣わせているのが申し訳なくて、空はかぶりを振った。少し考えてから、正直に言った。

「あの、緊張してて。好きな人とこういうの、初めてで」

好きな人、と言ってしまってから、そういう生々しいことを言うべきではなかったかもしれないと焦ったが、隼人は別段引いた様子もなく、楽しそうに空の顔を見ている。

「変なの。毎日会ってるのに」

「……そうですけど、意味が違います」

「うん。まあわかる。俺も何年ぶりかな、こういうの。店を継いでから必死で、恋愛どころじゃなかったから」

「隼人さん、モテるでしょう」

「モテるモテない以前に、親と小姑《こじゅうと》がもれなくついてくる自営業っていう時点で、すでに選考漏れだと思う」

おかしそうに言う口調には、それを残念がっている様子は微塵《みじん》もなかった。仕事と家族をこよなく大切にしている隼人。常に「自分なんか」と卑下している空とは対極にある隼人の人柄に、空は強く惹《ひ》かれていた。

お試しとはいえ、隼人が本当にデートみたいに振る舞ってくれることが嬉しかった。

食事のあと、シネコンに行って、何を観るかでひとしきり揉めた。揉めたといっても、意見が対立したわけではない。空は隼人の観たいものでよかったのだが、それじゃだめだと隼人が主張し、二人で一作ずつ選んで、じゃんけんで決めた。遠巻きに子供たちに笑われているのがわかったが、それすら妙に嬉しかった。

不覚にも空が勝ってしまい、空と歳《とし》の近い作家が原作のミステリ映画を観た。隼人と肩を並べて映画を観るなんて、緊張して集中できないのではないかと思ったが、スクリーンの迫力に目を奪われ、すぐに夢中になった。

ハッピーエンドともバッドエンドともとれる不可思議な終わり方をした映画のあと、ぶらぶら歩きながら、二人で作品の結末について意見を言いあった。

自分の推測を熱く語る空に、隼人はちょっと驚いたように目を丸くした。

「空がそんなに映画好きだなんて知らなかったよ。意外な発見」

熱心にしゃべりすぎた自分が急に恥ずかしくなって、空は視線を伏せた。

「すみません」

「どうして？　俺はすごく楽しいよ。もっと聞かせてよ」

促す隼人をちらりと見て、空は小さな声でぼそぼそ言った。

「正直言うと、劇場で映画を観たの、初めてなんです」

「え？」

「小学生のころ、体育館で変な教育映画を観たことはありますけど」

身寄りのない奨学生にとっては、映画の鑑賞料金は結構高くて、あえて劇場で観ようとは思わなかった。

こちらを見つめる隼人の視線に、空は慌てて言い添えた。

「あ、でもＤＶＤになったのを借りたり、地上波で放映されるやつを観たり、なんだかんだで結構いろいろ観てますよ」

「まあ、俺もＤＶＤ待ちが多いかな。でも劇場だと、映画だけに集中できてやっぱ見ごたえがあるな」

「そうですね。迫力があって、すごく面白かったです。それに一人で観るのと違って、観てる間はもちろんだけど、こうやって感想を話しあうのがすごく楽しいなって」

宝物にしようとポケットに忍ばせた映画の半券を指先で触りながら、空は言った。

隼人は目を細めて空を見て、ふわっと笑う。

「また来ようよ」

単なる社交辞令かもしれない。それでも「また」という言葉の響きは、空をやさしくくすぐった。

通りすがりのカフェに入り、小一時間ほど二人で映画の話をした。それから隼人に頼まれて、デパートで友人の結婚祝いの品を選ぶのにつきあった。それもまた、空には初めての経験で、隼人と一緒にあれこれ話しながら売り場を見て回るのはとても楽しかった。

待ち合わせ前には、どのタイミングで辞去すれば隼人に迷惑をかけないかな、などと何度もシミュレーションしていた空だったけれど、それはいい意味ですべて無駄になった。あまり長く拘束したら申し訳ないなどと空が考える隙もなく、隼人が次の行き先を提案してくれた。

隼人の学生時代からの行きつけだというカレー屋で夕食を食べて、隼人はまた空をアパートまで送ってくれた。

夏の夜の空気はとろりと密度を帯びていた。住宅街の細い通りは人気《ひとけ》も途絶え、アパートの向かいの家の庭から通りにまで這い出した夕顔の大きな花が、神秘的に白く輝いて、甘い匂いを漂わせていた。

「今日はありがとうございました」

「いや、こっちこそ買い物にまでつきあってもらって、助かったよ」

じゃ、また明日店で。という展開を普通に想像していた空は、

「例の返事、今させてもらってもいいかな」

ふっと真面目な顔になった隼人に唐突に切り出され、面食らった。

「え？」

「空の気持ちへの、返事」

今までその存在を意識していなかった心臓がにわかに暴れ出し、つられて耳の後ろがどくどく鳴り出した。

「あの、別に急がないので……」

ついそんな言葉が口から転がり出る。少しでも長く、このふわふわとした状況を味わっていたかったから。

「でも、就活で神経すり減らしてる空を、余計なことで悩ませたくないから」

そう言われて、断られるのだと思った。

本当はあの場で断られても不思議ではなかった。一週間の猶予と今日のデートは、隼人なりの温情だったのだろう。

空は再びポケットの中の半券に指を触れた。

夢のように楽しい一日だった。やさしい人を好きになってよかった。今日のことは、一生の思い出にする。

お礼を言おうと顔をあげると、すっと視界に影が差した。思いがけないほど近くに隼人の顔があり、反射的に身を引こうとしたら、肩を掴まれた。

「え……！」

隼人の前髪が空のこめかみをくすぐり、唇が重なる。

背筋をびりびりと電気が走り抜け、焦点の合わない目を大きく見開いてしまう。

触れるだけの口づけから解放されたときには、喉から心臓が飛び出しそうになっていた。

「な……なに……？」

狼狽《ろうばい》しながら空が問うと、闇の中で隼人の瞳がじっと空を見つめてきた。

「お試し期間終了ってことで。末永くよろしく」

「うそ……」

「なんで嘘なんだよ」

「だって、一週間で……」

「ああ、一週間もやきもきさせて悪かったな」

「そうじゃなくて、まだ一週間しかたってないし、一週間のあいだに関係が変わるようなことは

なにもなかったし、全然意味がわからない……」

空はただただ混乱していた。

隼人はちょっと困ったように笑って、こめかみを掻いた。

「ホントはさ、あの日、空をここに送った帰り道に、もう返事を決めてたんだ」

「え?」

「空のことはもうずっと前から俺の中で特別だったけど、あの日、空の気持ちを知ったときは、正直驚いた。言った通り、恋愛対象になる相手っていう概念がなかったから」

それは当然のことだ。

「でも、空の気持ちを嬉しいって思ってる自分がいて。帰りにあれこれ考えてみたんだ。同性と恋愛ってできるのかな、って。いろいろ脳内でシミュレーションしてみたり。いろいろってつまりそういうことだけど、……わかる?」

真顔で問われ、頬が熱くなる。激しく動揺しながら、空はなんとか頷いてみせた。

「そうしたらなにひとつ嫌じゃないっていうか、むしろ積極的にOKっていうか、居ても立ってもいられない気持ちになった」

そこで隼人は何かを思い出したように笑い出した。

「そもそも、最初に空を親父《おやじ》の恋人だって勘違いした時点で、アリだったんだろうな。いくら俺がボケてても、今までそんな突拍子もない勘違いをしたことなかったし」

何を言えばいいのかわからず、空はまだキスの感触が生々しく残っている唇を開いたり閉じたりした。

「いっそ引き返して返事をしようかと思ったけど、即答だと逆に空に信じてもらえないんじゃないかって思いとどまった。この一週間、ずっと言うタイミングを探ってたよ」

ふと、折に触れ感じた隼人の視線を思い出す。

「変なたとえだけど、トリックアートみたいだなって」

「トリックアート？」

「ほら、鳥かと思ったら、くちばしの部分が耳で、反対側から見たら兎《うさぎ》だった、みたいな」

「トリックアートの意味はわかりますけど、この状況との脈絡が……」

「つまり、自覚してなかっただけで、俺は空のことをそういうふうに好きだったんだなって。一度そうと気付いたら、どうして今まで無自覚でいられたのか不思議になった」

夜の街は静かで、表の通りを走る車の音と、草むらで鳴く気の早い虫の音が、余計に静けさを強調した。

現実感がなくて、まるでフィクションのセットみたいだと思った。好きな人が、自分を好きだと言ってくれて、キスしてくれて。こんなことが現実にあっていいのだろうか。じきにどこかから「カット！」と声がかかったりするんじゃないだろうか。

ぼうっとしていたら、隼人に抱き寄せられて、もう一度キスされた。今度のキスは、先ほどの触れるだけのキスと違って、熱っぽかった。

「……っ……ん」

うなじに滑り込んだ隼人の手に仰のかされ、角度を変えて何度も唇を奪われるうちに、膝に力が入らなくなって、唇が離れたときには、ずるりと地面にへたり込みそうになった。

「空？」

隼人が怪訝そうに呼びかけながら、大きな手で背中を支えてくれる。

「……腰が、抜けて……あの、初めてで、こういうことが……」

しどろもどろに恥ずかしい告白をすると、隼人の手に力がこもった。

「空、かわいいな。大事にするよ」

そう言ってから、隼人は「うー」ともどかしそうに唸《うな》った。

「こういうとき、なんでこう陳腐な言葉しか出てこないのかな。かわいいとか、大事にするとかさ。そりゃそうなんだけど、もっと気が利《き》いたことを言いたいのに」

隼人はぎゅうぎゅうと空を抱きしめてくる。

「恋愛ドラマでよく『おまえは俺が守る』とかいうセリフがあるじゃん？　あれ聞くたびに、この平和な国でいったい何から守るんだよって突っ込んでたけど、今、それ言いそうになった」

自分の身に起こっていることが現実のこととは思えず、空はのけぞらせた顎《あご》を隼人の肩に押しつけるように抱きしめられたまま、呟いた。

「かわいいとかありえないし、守ってもらわなくても大丈夫だし、ええと、あの、」

「うん。空が男の子なのはよくわかってるし、俺なんかが守らなくてもちゃんと一人で頑張れることもわかってる。でも、なんていうんだろう。気持ちの問題？　意気込み？　それくらいの勢いで大事だっていう……」

さらにギュッと空を抱きしめてから、隼人はぱっと手を離した。

「ごめん、ここ、公道だってことを忘れてた」

真顔で告げられて、笑ってしまう。嬉しくて、くすぐったくて。好きな人から同じ気持ちを返してもらえたという奇跡がまだ完全には信じられなかったけれど、もう冗談でも夢でもなんでもいいと思った。

「……あの、あがりませんか？」

空はおそるおそる自分の部屋の方を目で示してみせた。

「んー……」

隼人は唸ってしばらく考え込んだのち、ひどく残念そうな声音で「今日はやめておく」と答えた。

「今、部屋にあがったら、なにかとんでもないことをしでかしそうだから」

「え……」

予想外なことを言われて、じわっと体温があがる。あからさまにうろたえる空を見て、隼人はやさしく笑った。

「空との関係、ゆっくり大切にしたいから。いろんな意味で、ね。今は就活のこともあるし、落ち着くまでは、のんびりいこう」

隼人はもう一度空の唇に触れるだけのキスをして、

「いつまでもこんなところに立ってたら、蚊に刺されてぼこぼこになっちゃうよな」

いまだ現実感のない空をやさしく和ませてアパートの方へと促した。

もう一度、楽しかった今日一日のお礼を言って、空は覚束《おぼつか》ない足取りで自分の部屋のドアの前まで行く。振り向くと隼人が笑顔で手を振ってくれたので、空もおずおずと振り返した。

部屋に入ると、ドアに背中をつけて、そのままずるずると狭い靴脱ぎにしゃがみ込んだ。

指先が震え、激しい動悸《どうき》で呼吸困難に陥《おちい》りそうだった。

隼人が部屋に寄らずに帰ってしまったことを、残念に思うよりもほっとした。この狭い部屋で隼人と二人きりになったら、本当に呼吸困難になってどうにかなってしまったかもしれない。とにかく一人で、夢のような出来事について反芻《はんすう》したかった。

好きだと言われた。

キスされた。……三回も。

心臓が破裂しそうで、震える指でシャツの胸をぎゅっと押さえた。

大事にするよ。ゆっくり大切にしたいから。

隼人がくれた言葉を一つずつ脳裏に思い出すうちに、視界がぼやけてくる。

嬉し泣きって本当にあるんだと、鼻をすすりながら思った。こんな幸福が自分の身に訪れるなんて。

その晩、空は幸せすぎて眠れず、隼人と過ごした一日を布団の上で何度も脳内再生しては寝返りを繰り返し、甘いため息をついた。

6

「お疲れさん。今日は結構忙しかったな」

片付けをしながら、隼人《はやと》が声をかけてきた。今日は午前と午後に一社ずつ面接があり、そのあとバイトに入ったので、それなりに疲れているはずだったが、こうして隼人と過ごしていると、疲れなど忘れてしまう。

「大繁盛ですね」

「客の半分近くが知り合いっていうのも微妙だけどな」

隼人はおかしそうに笑う。

日頃から、来店客は隼人の知己《ちき》が多い。木村《きむら》をはじめ学生時代の友達や近所の知り合い、前の職場の同僚などが仲間を連れてきて、その仲間がさらに新たな客を連れてくるというふうで、店はいつもほどよい賑わいをみせていた。

料理の味はもちろんのこと、友人知人を大切にする隼人の人となりも、商売におおいに役立っている。

そういう人好きのする性格がまた素敵だなとうっとりしてしまうのは、恋する人間の欲目だろうか。

気持ちが通じあって二週間。生まれてはじめて知る恋のときめきに、空《そら》はずっと覚めない夢の中にいるような気がした。

不意に後ろからぎゅっと肩をつままれ、驚いて猫のように首を竦《すく》める。

「ぼーっとしてるけど、疲れた？　今日は面接が二件あったたって言ってたもんな」

肩を揉んでくれる手に恐縮して、空はくるりと隼人に向き直った。

「隼人さんこそ、朝から晩まで立ち仕事で疲れてるでしょう」

「いやいや、体力だけは有り余ってるから。会社員時代の精神的疲労感に比べたら、全然」

向かいあって話しながら、気付けば隼人の顔が徐々に近づいてきている。反射的に目を閉じると、羽根が触れるようなやさしいキスが落ちてきた。

休みが合わないため、あのお試しデート以来、プライベートな時間を二人で持てたことはないが、隼人はこうしてちょっとした折に空に愛情を示してくれる。

やさしく触れあった唇が離れるか離れないかの瞬間、奥に通じるドアが開く音がして、空は飛《と》び退《の》くように隼人から身を離した。

顔を出したのは、昭介《しょうすけ》だった。空に「お疲れさん」と笑顔を向けてくれる。

「貰《もら》い物《もの》の羊羹《ようかん》を切るけど、一緒にお茶にしないか」

「ちょうどよかった。空も疲れてるみたいだし、片付けの前に休憩しよう」

隼人はなにごともなかったように応じる。

昭介が扉の奥に消えると、空は両手で心臓を押さえて、溜めていた息を吐いた。それを見て隼人が笑う。

「そんなにビビるくらいなら、家族には言っておくよ?」

気持ちが通じあった直後から、何度か持ち掛けられた提案だった。空は肯定も否定もできずに、いつものように口ごもる。

空との関係を隼人が家族に打ち明けても構わないと思ってくれていることは、空をいたく感激させた。でもそれ以上に、堤家《つつみけ》の人たちへのうしろめたさが大きい。打ち明ければひどく驚かせ、不愉快な思いをさせるだろう。だからといって隠し続けるのも罪悪感が募る。

どうしていいのかわからない空に、隼人はこれもいつものように笑った。

「まあ、話すのはいつでもできるし、それは俺の役目だから。空は何も負担に思わなくていいんだよ」

隼人のやさしさが嬉しくて、本当に大好きだと思う。

両思いの瞬間が恋愛のゴールだったらよかったのに。二人は末永く幸せに暮らしました、というおとぎ話のように。

でも、それはスタートでしかなかった。この世は空と隼人と二人きりの世界ではなく、たくさんの人間関係で構築されている。ただ幸福に身をひたしていれば済むわけではない。

空は、隼人を好きなのとは違う意味で、隼人と同じくらい堤家の人たちが好きだった。いつも飄々《ひょうひょう》としてさりげなく空を気遣ってくれる昭介。しっかり者で明るいかなえ。人懐《ひとなつ》こくてかわいい子供たち。

誰にも不快な思いをさせず、みんなが幸せでいる方法なんて、きっとないのだろう。

胸の中にもやもやとしたものを抱きながら、それでも今は隼人の『話すのはいつでもできる』という言葉に甘えてしまうことにした。

隼人には言えなかったが、空の中ではきっと永遠に続く関係じゃないし、という気持ちもあった。空は永遠を願っている。でも、それを隼人に求めてはいけないこともわかっている。

今だけだから、神様、どうぞ許して。

刹那的《せつなてき》な恋心に、ひととき現実逃避する。

恋愛同様、就活も内定がゴールではなく出発点だということをいまさらながら空が強く感じたのは、思いがけず二社から最終面接の日程通知をもらったときだった。

隼人との恋でひととき明るい気持ちになれたのがよかったのか、それとも数を打てば当たるというものなのか。

しかし最終面接前になって、空は自分がその二社で働く姿がまったく想像できないことに戸惑った。

奨学金を返しながら、誰にも迷惑をかけずに自分一人を養っていくこと、そのために正社員の内定をもらうことが、空の中では最終目標になっていた。だから職種を問わずエントリーシートを送りまくった。

だが、あと一歩というところまできてみると、これでいいのかという不安が兆《きざ》す。内定したわけでもないのに内定ブルーかと厚かましすぎて自分で呆れてしまうのだが、気持ちの揺れは最終面接が迫るにつれ大きくなっていった。

やり甲斐《がい》とか好き嫌いなんて、二の次だと思っていた。仕事はそんな甘いものじゃない。自分自身を養うため、いずれは大切な誰かとの生活のために、割り切って時間と労力を金銭に変える手段だ、と。

でも空には結婚したり子供が生まれたりという未来はない。隼人との夢のような関係が永遠に続いていくはずもない。

結局は生涯一人で生きていくことになるのだろう。守るべき家族という生き甲斐がないなら、仕事は安定よりもやり甲斐を求めるべきではないだろうか。

やり甲斐などということを考えるようになったのは、隼人の影響でもある。

定食屋を一人で切り回す隼人は、大変そうだが楽しそうだった。時々店を訪れる昔の職場の同僚が、めまぐるしい海外出張の日々や昇進の話など、謙遜のオブラートで包んだ自慢話を披露しても、笑顔でエールを送るばかりで、商社への未練は一切ないらしい。

「よお、空くん。就活はどう？」

いつものように店で子供たちの宿題をみてやっていると、ふらりと入ってきた木村が声をかけてきた。

「木村くん。就活生にそういうデリカシーのない質問しないの」

今日は仕事が休みのため、店の手伝いをしていたかなえが、いんげんの筋をとりながら木村を窘《たしな》めた。

「いやいや、腫物《はれもの》に触るような対応は、かえってよくないでしょう。こういうのはズバッと訊いちゃわないと」

空はちょっと考えて、木村に訊ねた。

「前に勧めてくださった塾講師の口って、もう締め切っちゃいましたか？」

「お。当たって砕け散って、とうとう藁《わら》をも摑むってとこか？」

「木村くん」

眉を吊り上げて割って入るかなえに、空は「大丈夫です」と笑ってみせた。

「来週、最終面接の会社が二社あるんですけど……」

「どこ？」

社名を告げると、木村は「おー」と感嘆の声をあげた。

「どっちもそこそこいいとこじゃないか」

確かに、内定をもらえたら光栄なランクの企業だ。

かなえや木村の前で「やり甲斐が」などと青くさいことを言い出せなくなってしまう。

木村はしばらく空の顔を眺めていたが、そのうち笑い出して、ポケットから名刺を取り出した。

裏の余白に学習塾の名前を記し、携帯のアドレス帳から呼び出した電話番号を書き添えてくれた。

「俺の紹介だって言えば、いつでも面接してくれるよ」

自分で訊ねておきながら、受け取るのがためらわれた。これは気の迷いではないのか？　本当に正しい選択だろうか。

「ん？　どうした？」

「……こんな中途半端な気持ちで、甘えさせていただいていいんでしょうか」

「全部落ちたからお願いしますって言われるより、断然光栄だけど？　まあ、連絡してみるもやめるも空くん次第だし、勧めておいてなんだけど、絶対採用になるっていう保証もないから、義理とか感じてくれなくて大丈夫だよ」

「ありがとうございます」

　立ち上がって名刺を受け取っていると、奥から隼人が顔を出し、空と木村を見比べた。

「なんの儀式？」

「空くんに就活の口利《くちき》きをね」

　隼人は眼光鋭く木村を睨《にら》んだ。

「また余計なお節介かよ」

「違うんです。僕がお願いしたんです」

　空は慌てて割って入った。最終面接に残ったことは、隼人にももちろん報告済みで、とても喜んでくれた。それなのにこんなことをして、いい加減な人間だと思われただろうか。

　隼人は空の方を見た。

「どうしたんだよ、急に」

「……好きなことを仕事にするっていう選択肢もありなのかなって、ちょっと思って……」

「空ちゃん、塾《じゅく》の先生ぜったい向いてるよ！」

「学校の先生よりわかりやすいもん」

身を乗り出してきた子供たちを、「大人の話に首突っ込まないの」とかなえが制す。

「好きだからって、適性があるかもわからないんですけど……」

つい言い訳めいてしまう空の肩を、隼人がぽんと叩いた。シャツ越しに隼人のぬくもりが伝わってくる。

「空がやってみたいなら、いいチャレンジなんじゃないか？」

「だろ？　ってことで、おまえにもいいチャレンジがあるんだよ。来月の街コン、参加名簿におまえも加えておいたから」

木村のたくらみ顔を見て、隼人は空の肩から手を離し、「は？」と目を瞠《みは》る。

「青年会議所の主催で、人集めを頼まれてるんだよ。大丈夫、店が終わってからの二次会参加でOKだから」

「おまえは余計なことばっかしてないで、少しは自分の子育てにでも参加しろよ。奥さんがこぼしてたぞ」

「余計なことってなんだよ。これも立派な仕事だよ。木村不動産は、皆様の暮らしのパートナーですから」

「こんな時間から飲みに来て、なにが仕事だよ」

「でも、街コンはいいじゃない。一日くらい夜は臨時休業にしたっていいと思うわ。ぜひ行ってきなさいよ」

かなえの言葉に木村は鼻の穴を膨らませた。

「ほら、かなえさんもこう言ってるし」

「隼人もいい歳《とし》なんだから、そろそろ本腰入れて彼女を探した方がいいわよ。空くんだって、いつまでも来てくれるわけじゃないんだから。お店を手伝ってくれる明るくて元気でかわいい子をつかまえてきなさいよ」

かなえの言葉に胸がきゅっと痛んだ。隼人に肩を叩かれたときのぬくもりは、すでにすっかり消えていた。

そう、わかってる。家族は隼人に普通の幸せを望んでいる。それは当たり前のこと。

ふとこちらを見ている隼人と目が合った。空の表情を読んだらしい隼人が、不機嫌そうに眉をひそめる。

「あのさ」

かなえと木村に向かって、隼人は憮然と口を開いた。まさかとは思うけれど、この流れでカミングアウトでもされたら。

空は焦り、子供たちにいつになく大きな声で話しかけた。

「ごめんね、宿題途中だったたね」

どうか言わないで。

空の願いが通じたのか、隼人はそのまま口を閉ざし、どこか不機嫌そうなまま厨房《ちゅうぼう》に戻っていった。

隼人がいなくなったテーブルで、かなえは苦笑いしてみせた。

「余計なお世話なのはわかってるんだけどね。でも、私がこの子たちを連れて帰ってきたことで、隼人にはさんざん迷惑をかけてるから気になって。ここに住まわせてもらっているおかげで、家賃の分を独立のための貯金にまわせてるし、本当に感謝してるの」

「かなえさんの実家なんだから、遠慮はいりませんよ。……って俺が言うな？」

おどけてみせる木村に、かなえはあははと笑った。

「隼人には幸せになってほしいの。もちろん、隼人が結婚するとなったら、私たちはここを出ていくわよ」

かなえの言葉を聞いて、子供たちが目を丸くした。

「出ていくの？」

「じいじと隼人にいちゃんと一緒に暮らせなくなるの？」

不安げな子供たちを見て、かなえはかぶりを振った。

「もしも結婚したらよ。まあ、あの様子じゃ当分そんなことなさそうだけど」

ね、と笑いかけられて、笑い返してみせながらも、空は頬が強張るのを感じた。

自分が身内の縁に薄かったから、家族の愛情はより神聖なものに思えた。身内が願う幸せの形が結婚であり、家庭を作ることだというのは十分理解できる。

そこに自分が邪魔なことも。

誰にも気付かれないように、空は小さなため息をもらした。


思いが通じあってから、片思いのとき以上に隼人に対する気持ちは強くなっていた。好きな人から同じ気持ちを返してもらえることは、空が想像していた何倍も幸せなことだった。

そして、好きになればなるほど、隼人とその家族の幸せを強く願う気持ちが湧いてくる。

空の幸せと家族の幸せは、相容《あいい》れない。

夢のような時間の中で、空はこの幸福に自分で幕を引く決意を徐々に固めていった。

自分さえ身を引けば、などという陳腐なメロドラマを気取るつもりはない。空にとっても、有益な選択にしなければいけない。

空は悩みに悩んだ末、二社の最終面接を断り、木村に教えてもらった塾の面接を受けた。古いテナントビルの一室にある、小さな学習塾で、三十代前半の若い塾長が笑顔で出迎えてくれた。

今まで受けたどの企業の面接よりも、自然に言葉が出てきた。両親を早くに亡くし、施設で育ったこと。奨学金で大学に通っていること。人見知りで友達も多くはなく、成績も極めて優秀とは言い難い。でも、だからこそ似たような子供たちの気持ちに寄り添えるかもしれない。

マイナスのことも含めて、思うことをすべて正直に伝えた。塾長がそれをうまく引き出してくれたところもある。

その日の夜に、内定の連絡をもらった。この半年、欲しくてたまらなかったもの。でも、空の胸にこみあげたのは想像していたような歓喜ではなく、これから身を引き締めて頑張らなくてはいけないという、背筋が伸びるような責任感だった。

内定には一つだけ条件があった。正式な採用は四月だが、なるべく早く、まずはアルバイトという形で仕事に入ってほしいということ。

そのためにはあかね亭を辞めなくてはならない。胸がすうすうするような寂しさを感じたが、それ以上にほっとしている自分がいた。

いいタイミングだと思った。神様の采配《さいはい》だと。

翌日のバイトのときに、隼人と堤家の人たちに内定の報告をした。みんな自分のことのように喜んでくれて、空は感激で泣きそうになるのを必死で我慢した。

「けど、本当にいいのか？　最終面接までいってた会社に未練はない？」

隼人に訊かれ、空は迷わず頷いてみせた。

「今までの僕の人生に、やりたいことをやるっていう選択肢はなかったんです。でも、隼人さんを見て、僕も好きなことを仕事にしたいって、思うようになりました」

「まあ、隼人でも役に立つことがあるのね」

かなえが茶化し、

「でもってなんだよ」

隼人が口を尖《とが》らせる。それを見て子供たちが笑った。

「それで、大変申し訳ないんですけど……」

空は塾のバイトに入らなくてはならないこと、そのためにあかね亭を辞めさせてほしいことを伝えた。

「空ちゃん、もうここに来なくなるの？」

「そんなのやだ！」

笑い転げていたひなたと佑太《ゆうた》が、急に真剣な顔になって身を乗り出してくる。無垢《むく》な二組の瞳に訴えかけるように見つめられて、さっきから我慢している涙が今にも溢れてしまいそうだった。

空の葛藤に気付いてか、かなえがとりなしに入ってくれた。

「こらこら、空ちゃんを困らせちゃだめよ」

「だって」

「お店のバイトは辞めても、ちょくちょく遊びに来てくれるわよ」

「ホントに？」

「いっぱい来てよ？」

空はぎゅっと唇を噛んだ。もう二度とここには来ない心づもりだなんて、とても言えない。だからといって嘘もつきたくなかった。

「まあとにかく、就職が決まってよかったじゃないか」

昭介がそう言って空の背中をポンポンと叩いてくれた。

「次の人が見つかるまで、店はまた私が手伝うから、心配はいらないよ」

「ありがとうございます」

「急展開だな。でもおめでとう」

隼人も屈託のない笑顔で祝福してくれた。

空の密かな決意を知らない隼人が、ただ純粋に喜んでくれることに、胸がきしきしと痛んだ。

ここで過ごした日々は、空にとって夢のような時間だった。

涙がこぼれないように大きく目を見開いて、空は一家の祝福に笑顔で感謝の気持ちを返した。


あかね亭での最後のバイトの翌日、夏休み中の子供たちのたっての願いで、店が定休日の隼人と四人で遊びに行った。

こみあったプールで半日過ごし、昼ごはんを食べてから、アニメ映画を観た。四人もいると、映画の感想大会も大盛り上がりだった。そのあとゲームセンターで大はしゃぎして、ファミレスで夕ごはんを食べ、最後にあかね亭の前の通りで線香花火をするという、夏休みの楽しいことをすべて凝縮したような一日だった。

もっと遊ぼうよと未練げに言いながらも眠い目をこする子供たちと笑顔で別れ、隼人に送られて空はアパートへと帰り着いた。

「疲れただろ」

「いいえ、すごく楽しかったです」

「あんなにはしゃいでる空、初めて見たよ」

からかい顔で指摘されて、空は照れ笑いを返した。こんな時間を過ごすのも最後だと思ったら、楽しまなきゃと強く思った。

「賑やかなのもいいけど、次はまた、二人で出かけよう」

隼人はそう言ったあと、空の背後の玄関扉に視線を送った。

「……あがらせてもらってもいい？」

闇の中、その瞳に込められた熱量に、胸が逸《はや》る。隼人は、自分に触れようとしてくれているのだろうか。

その熱を切望する一方で、これ以上の幸せを知ってしまったら、この先の人生を生きていくのがとてもつらくなることもわかっていた。

意を決して、空は口を開いた。

「あかね亭でのバイト、すごく楽しかったです」

「どうした、急に」

「隼人さんと過ごせたこの半年は、僕の人生で一番楽しい時間でした」

「……なんで過去形なんだよ」

空の様子がおかしいことを悟ったのか、隼人が眉根を寄せる。

終わってしまう。空の人生の夏休み。

でも、堤家の人たちが願う幸せは、空の恋情とは相容れない。今見て見ぬふりをしたところで、遅かれ早かれ誰かを傷つけ破綻《はたん》することは目に見えている。その前に、自分の手で幕を引かなければ。

「楽しいって思えるうちに、終わりにしたいんです」

「なにそれ？　まったく理解できないんだけど」

大好きな隼人とその家族の平穏な幸せを願っているという正直な気持ちを口にすれば、不幸に耐えて身を引くかのような誤解を与えて、引き留められることはわかっていた。

だからあえて、露悪的な表現にした。

「隼人さん、結婚を考えていた女性がいたって言いましたよね？」

唐突に言われて、隼人は面食らったようだった。

「もう昔のことだよ。とっくに終わってる」

空は苦笑いでかぶりを振った。

「わかっています。でも、ストレートの男の人とつきあっていく自信がないんです。隼人さんはいっとき僕の気持ちに絆《ほだ》されただけで、いつか、やっぱり女性の方がいいって思うようになるかもしれない」

「男とか女とか、関係ない。俺は空が好きだよ」

生真面目な顔でスパッと言われて喉の奥が焼けるように熱くなる。湧き上がる恋情に任せて、隼人の胸に飛び込んでしまいたかった。

だがそんな自分を叱りつけ、かぶりを振る。

「僕の気持ちの問題なんです。どう言ってもらっても不安は消えないし、ずっと疑心暗鬼のままでつきあっていくのはしんどいです」

空の身勝手な言い分に、さすがの隼人も苛立ちを感じたようだった。

「じゃあ、どうすればいいんだよ。過去を消すことはできないだろう?」

空は小さく息を吐いて、隼人に微笑みかけた。

「僕にとっては、隼人さんと気持ちが通じあった瞬間が、恋愛のゴールでした。そこから先は想定してなかった。いろいろ現実的なことを考えたら、怖くなって、疲れてしまって……。ゴールの瞬間までが恋愛の醍醐《だいご》味なんだなって、思いました」

なんて自分勝手で嫌なキャラクター設定なんだと、自嘲的に思う。

「……もう、俺への気持ちは終わったってこと?」

いっそ終わってくれたら気が楽だったのに。こうしている今だって、隼人のことが好きすぎて、よじれるような胸の痛みで叫び出しそうな自分がいる。

湧き上がる思いを必死に抑え込んで、空は小さな声で言った。

「終わったっていうか……。僕は自分で思うよりずっと稚拙《ちせつ》で、恋に恋していたんだと思います。偶然の出会いで、ドラマのヒーローみたいにかっこいい男の人に親切にしてもらって。ホームドラマに迷い込んだような時間を過ごさせてもらって。ちょうど就活で大変なときで、なにか縋《すが》るものが欲しかった。片思いっていう設定に、陶酔してたんだと思います」

「俺があっさり落ちたから、拍子抜けした？ つきあってみたら、たいして面白くもなかった？」

隼人が低い声で自嘲的に言う。

そんなわけない。本当に幸せな時間だった。だからこそ、終わりにしなければ。

取り返しがつかなくなる前に。

大好きな人の人生を台無しにする前に。

「……おかげさまで就職先も決まって、本腰入れて頑張っていこうって思ってるんです。僕は仕事も恋愛もなんていう器用なタイプじゃないし。このタイミングで、恋に恋する自分を卒業したいなって」

「俺は、いよいよこれからって思ってたんだけど。アホみたいに一人で盛り上がってただけってことか？」

そんなことはないと強く否定したい気持ちと、相手も自分も誰も傷つかずに終わる方法なんてないという気持ちがせめぎあう。

好きな人に悪い印象を持たれて終わるのは耐えられなかったけれど、悲劇の主人公ぶるのはもっと耐えられないと思った。

黙り込む空の頬に、隼人の手が触れてきた。指先でやさしく輪郭をたどられて、気持ちが揺れる。

もう一方の手が、空を抱き寄せるように腰にまわされた。

こんなに身勝手な言い分を並べ立てても、隼人はなおもこうして距離を詰めようとしてくれる。身を委ねてしまいたかった。なにもかも忘れて、今、目の前にある刹那的《せつなてき》な幸福に。

噛みしめすぎた唇から血の味がして、空は我に返った。隼人に縋りつきそうになる手をぎゅっと握り、気持ちとは真逆の仕草で隼人の手を強く払いのけた。

闇の中で隼人の目が見開かれる。やがてその瞳に苛立ちとも諦《あきら》めともつかない色が浮かび、隼人はひとつため息をついた。

隼人は激したように何か言いかけたが、滅多に人の通らない夜の通りに学生の二人連れが通りかかり、それに興をそがれたように黙り込んだ。

「……空の気持ちはわかった」

静かに隼人は呟いた。幕が、音もなく目の前で閉じていく。

「仕事、頑張れよ」

踵《きびす》を返して立ち去る背中に「隼人さんも」とやっとのことで声をかけ、その背を見送ることもなく空は玄関に滑り込んだ。

涙が、堰《せき》を切ったように溢れ出し、空はその場にしゃがみこんだ。

以前にもここで声を殺して泣いたことがあったと思い出す。あのときは、嬉し泣きだった。今はつらくて、胸の内からじりじりと裂け目が入るような痛みを覚えた。

好きだった。大好きだった。

そうじゃない、今でも好きだ。

忘れてほしくないけど、忘れてほしい。隼人に好きな人ができることを考えると胸を切り裂かれるようだけれど、それでもどうか素晴らしい人と巡りあって、幸せになってほしい。

啜《すす》り泣《な》きながら、自分の中に誰かの幸せを本気で祈れる気持ちがあることに驚いた。

昭介に自転車をぶつけたとき、面倒なことになったと思った。

関根《せきね》から内定の報告を受けたとき、嫉妬と羨望《せんぼう》でぐちゃぐちゃになった。

身勝手で被害妄想のかたまりの、醜い自分。

今だってたいして変わっていないけれど、少なくとも隼人と隼人の家族の幸せを願う気持ちは、正真正銘本物だった。

不幸に耐えて身を引くのではない。隼人と家族の幸せが、空の幸せだった。

いっそ、一家の幸せだけを祈って、自分は消えてなくなってしまいたいと思う。

でも、ちゃんと生きていかなくてはいけないこともわかっていた。

何のために生きているのだろうと、いつも思っていた。身寄りもない。将来もない。

そして今、大切なものを自分から手放した。

それでも、ちゃんと生きていかなくてはならない。血縁関係のない家族を守り、日々の仕事を楽しむ隼人の姿から学んだことを大切にして。いつも目を輝かせて目の前のことに夢中になるひなたと佑太に教えてもらったことを無駄にしないように。昭介とかなえがくれたやさしさを胸に刻んで。

好きにならなければこんなに苦しい気持ちも知らずにすんだのだろう。でも、好きにならなければよかったとは思わなかった。

失った恋の苦しさ以上に、大切なものをたくさんもらった。

それはきっと、これからの空の人生を支えてくれる。

拭《ぬぐ》っても拭っても溢れ出してくる涙と闘いながら、空は闇に向かって震える声で「ありがとうございます」と呟いた。

7

慣れない塾《じゅく》の仕事は、戸惑うことも多かった。問題を抱える生徒が多いと聞いていた通り、ひなたや佑太《ゆうた》のように人懐《ひとなつ》こく手のかからない子供たちばかりではない。落ち着きのない子、やる気のない子、反抗的な子。椅子に座らせ、テキストを開かせるだけでも、四苦八苦することもあった。

理想通りにはいかない日々。だが自分で決めて選び取った仕事には強い熱意を持てた。悩みや苦しさも含めて、やり甲斐《がい》を感じた。まだアルバイト。けれど、これから本腰を入れていく仕事になるのだと思うと、頑張ろうと心から思えた。

隼人《はやと》と別れてからひと月。夏が過ぎ、卒論と塾での仕事が空《そら》の生活の大半を占めるようになっていた。

隼人のことを思わない日はなかった。きりりと男前の顔が笑顔でふっと和らぐ瞬間。フライパンを振る大きな手。一緒に観た映画。思い出は日ごとに美しさを増し、空を幸せにも切ない気持ちにもした。

風呂に入るときには、いつも湯の表面にそっと指先でハートを描いた。大学の門をくぐるときには必ず右足から入った。子供たちが教えてくれた他愛もないおまじない。意味などないとわかっていても、そのささやかな儀式が空の孤独を支えた。

職場で一度、木村《きむら》と会った。学習塾の建物は木村不動産の管理物件で、塾長に用事があってきたという。空を見るといつもの飄々《ひょうひょう》とした様子で「手こずってるか?」などとからかってきた。

「空ちゃんがぜんぜん来なくなっちゃったって、ひなたと佑太が寂しがってたぞ」

そう聞いて目の奥が熱くなり、ごまかすのに苦労した。子供たちとの時間は、空にとっても宝物だった。だが、子供たちはじきに空との時間を忘れるだろう。子供の記憶はめまぐるしく入れ替わるものだ。

「あかね亭の皆さんはお元気ですか」

「ああ、相変わらず賑やかな家だよ」

そう聞いて、離れて暮らす家族の消息を耳にしたような安堵を覚え、そんな自分の厚かましい思考に苦笑いしてしまう。

つらいことはなるべく思い出さないように。隼人やその家族と過ごした楽しい記憶だけを繰り返し再生して心を満たし、空は目の前の日々をきちんと生きた。

秋を実感するようなひんやりとした風が吹く晩、塾でのバイトを終えて帰宅した空は、アパートの玄関ドアにもたれて立つ長身のシルエットを目にして固まった。

一か月ぶりに会う、恋しい男の姿。

記憶の再生が度を越したせいで、幻覚が現れたのだろうか。

「お疲れ」

何事もなかったかのように隼人に労《ねぎら》われ、空は激しく動揺しながら「こんばんは」と小さな声で返した。

隼人の気持ちを無下にし、自尊心をひどく傷つけたはずだ。隼人の方から再びここに来ることなど絶対にないと思っていた。

「……どうしたんですか?」

こわごわ訊ねると、

「忘れ物」

隼人は握った手を空に突き出して開いた。クリップ付きのボールペンのキャップだった。

「ひなたと佑太が、空のだって言うから」

確かにキャップが一つ見当たらなくなっていた。子供の観察眼に舌を巻くと同時に、百円のボールペンのキャップをわざわざ届けに来た隼人の真意を測りかねる。

「あがらせてもらってもいい？」

この間、ここで別れたときの会話の再生のように、隼人が訊ねてくる。この間よりもっと、淀《よど》みも迷いもない口調だった。

忘れ物を届けに来て、帰宅時間も定かではないのに待っていてくれた相手を、追い返せるはずもない。

「……どうぞ」

空はひどく緊張しながらドアを開け、隼人を招き入れた。

初めてあがる空の部屋を隼人は物珍しそうに眺めた。

「きれいにしてるんだな」

「散らかるほどの物がないだけです」

空は電気ポットで湯を沸かし、紅茶を淹《い》れた。客を想定していない一人暮らしの部屋にマグカップはひとつしかなく、自分の分は施設の卒園祝いにもらった湯飲みを使う。

隼人は床置きの小さな折り畳みテーブルの前で長い脚を持て余すように座っていた。現実の光景とは思えず、空は何度もまばたきしながら、テーブルの上にカップを置いた。

「塾の仕事は楽しい？」

軽い世間話のように隼人が訊ねてくる。空は少し考えて、正直に答えた。

「楽しむ余裕はまだなくて、必死って感じです。でも充実してます」

「そうか」

一口飲んだ紅茶をテーブルの上に置いて、隼人は言った。

「考えたんだ。空の言葉の意味を」

まっすぐ見つめられて、視線が絡みあう。これは幻ではなくて本物の隼人だと、急に実感が湧いてくる。

先に目を逸らしたのは、今日も空だった。

「あまりにも唐突だったし、いろいろ不自然だよなって」

空はテーブルの上にのせた手をじっと見つめた。幸運の星がもう随分《ずいぶん》上の方に移動した指の先。

あの日、隼人は空の勝手な言い分と態度に愛想をつかして帰ったはずだ。

「考えたっていうか、正直、言われたときから思ってたけど、空は身を引こうとしたんだよな？」

いきなりストレートに切り込まれて、空はギュッと拳《こぶし》を握った。

「そんな、まさか。勝手に美談にしないでください。夢から覚めたっていうだけです」

「本当に？」

そう言いながら、隼人はテーブル越しに手を伸ばしてきて、空の拳の上に重ねた。心臓が暴れ出し、一気に顔に血が上るのがわかった。

そっと手を抜こうとしたが離してもらえず、空はいっそう動揺した。

それでも必死で平静を装い、静かな声で返した。

「本当です」

「もう俺には一切未練も興味もない？」

「……あの、感謝してます。隼人さんにも家族の皆さんにも親切にしていただいて」

「答えになってないんだけど」

拳に重なった手にぎゅっと力をこめられると、ますます胸が逸《はや》って、取り乱しそうになる。

「……この一か月、すごく忙しくて、正直、今まで隼人さんのこと忘れてました」

興味も未練もない。今は新しい仕事のことで頭がいっぱい。そんな演出がどうかうまく本心だと思ってもらえますように。

「……なるほど。俺はその程度の存在だったわけか」

空は無言で肯定してみせた。

「それなのに、どうしてそんなに赤くなってるの？」

しかし不意にそう指摘されたとたん、パニックが演出を台無しにする。頬が灼《や》けるように熱くなり、空は再び隼人の手の下から拳を引き抜こうとしたが、ますます強く摑まれる。

「離してください」

「なんとなく様子がおかしいのは気付いてた。いつごろからだったかなって考えてみたんだけど、多分、木村が街コンの話を出したあたりだよな？」

図星を指されて顔をあげられないまま、隼人の視線を強く感じた。丸裸に暴かれていく感覚が怖くて、空は手を振りほどこうと躍起になりながら言い返す。

「その通りです。隼人さんは普通に女の人を好きになれる人だったって、我に返って、急に気持ちが冷めました」

ほてった顔でこんな言い訳をしてもどれだけ意味があるのか。

「冷めちゃったのか。残念だな」

案の定、隼人の声にはそれをすべて見通したような響きが感じられた。

「じゃ、もう一度好きになってもらえるように頑張らないとな」

空の手を強く握って、隼人ははっきりと言った。

胸がそわそわして、切なくて、痛くて、死んでしまいそうになる。

空は必死でかぶりを振った。

「隼人さんは、一緒にあかね亭を切り盛りしていけるような女の人とつきあった方がいいです」

「やっぱり身を引いてるんじゃないかよ」

「違います！」

空は潤んだ目で初めて隼人をまっすぐ見上げ、強く反論した。

「身を引くとかいうネガティブなことじゃない。僕が自分で選んで出した結論です。隼人さんと、隼人さんの家族の幸せは、僕の幸せでもあるんです」

空の剣幕に、隼人は一瞬黙り込む。

「僕はずっと、将来になんの希望も持てずにいました。でも隼人さんと隼人さんの家族に出会って、やさしい気持ちをたくさんもらいました。血の繋がりとか関係なく、素敵な家族で、みんなあたたかくて。今まで、どこか投げやりに生きてた自分が、恥ずかしくなった……。ちゃんと毎日を大切に噛みしめて生きていかなきゃいけないって、教えてもらいました」

隼人はふっと表情を和らげた。

「どこにでもいる平凡な家族だよ。空がそんなふうに思ってくれたのは、空のアンテナの感度が特別によかったからだよ、きっと」

そう言って、隼人は摑んだ手に力をこめてきた。

「そこまで気に入ってくれてるなら、空もうちの家族になれよ」

突拍子もない提案に、空は面食らい、激しく動揺する。

「僕の話を聞いてくれてましたか？　僕の一番の幸せは、隼人さんと家族の皆さんの幸せです」

「ああ。ちゃんと聞いてたよ」

「だったらそんな矛盾したことを……」

「どこが？　矛盾してるのはむしろ空の方だろう。俺の幸せを願うなら、なんで俺から離れていくんだよ」

「だって……」

「自己完結してんじゃねえよ。一歩引いて人の幸せを祈るって、美談だけど卑怯だ」

卑怯、とばっさり断罪されて、空の心は立《た》ち竦《すく》む。

「簡単に放り出すな。俺をこんな気持ちにした責任を、ちゃんととれよ」

小さなテーブルをぐいとわきに押しのけ、隼人は摑んだ手を引いて空を胸元に抱き寄せた。

空は隼人の胸を片手で押し返そうとした。抱きしめられたら心が折れてしまう。必死で別離を決めたのに。

だが思考と感情がバラバラの空よりも、迷いのない隼人の力の方が強かった。

腕の中に囲い込まれると、潤んだ瞳から涙が溢れ出した。

それでもなお、空は弱々しく隼人の胸を押し返す。

「……こんな幸せは、怖いです。誰かが不幸になるってわかってて、幸せになんかなりたくない」

「誰も不幸になんかならないよ」

空は唇を噛んで涙を必死で抑えながらかぶりを振った。

「……隼人さんのご家族に、恩を仇《あだ》で返すような真似をしたくないんです」

「何が恩で、何が仇だか知らないけど、本当にそう思っているなら、俺をちゃんと幸せにしてもらわなくちゃ困る」

「でも、僕は……」

「孤独っていうのは、寂しいけど楽だよな」

楽なんかじゃない。心を引き裂かれる思いで隼人と離れたのだ。

でも、そう言われて空は言い返せなかった。あのまま隼人のそばで罪悪感に苛《さいな》まれているよりも、孤独を託《かこ》って自己憐憫《じこれんびん》に浸っている方がある意味楽なのは、きっと事実だから。

「責めてるわけじゃないよ。俺も子供のころいろいろあったから、そういうのはちょっとわかる。だけど、泥まみれになって欲しいものを奪いにいくことだって、大事だと思う。だから、俺は奪いに来たんだ」

空を抱きしめる隼人の腕の力が強くなる。

「ホントはもっと早く来たかった。けど、空が新しい職場に慣れるまで、気持ちを乱さないように我慢しようって……」

そこで隼人は言葉を止め、自嘲的に小さく笑った。

「正直、ちょっとビビってもいた。空が離れていったのは俺のために身を引いたんだって思ったけど、それは単なる思い過ごしで、実はホントに愛想つかされただけだったらどうしよう、とか」

自分を茶化すようでいて、耳元に囁《ささや》かれる声には、真摯《しんし》な響きがあった。

「のこのこ会いに行って、なに自惚《うぬぼ》れてるんだって呆れられるかもしれないと思ったけど、どんな無様な目にあっても、空が欲しいって思った」

ひりひりするような幸せにしゃくりあげながら、空は隼人の胸に押しあてた頭を左右に振った。

「……僕は、欲しがってもらえるような人間じゃありません」

「それは俺が決めることだ。空のことが好きだよ。ずっと近くにいてほしい」

「僕は……一人でも、ちゃんと頑張るって、決めたんです」

やさしくされたら怖くなる。いつ失うかもしれない、恋という儚《はかな》い感情にすべてを委ねるのが怖い。

「努力の方向性が違うだろう」

隼人が窘《たしな》めるようにきっぱりと言った。

「今までずっと一人で頑張ってきたんだ。今度は人に甘える努力をしろよ」

逃げ道を塞ぐように、隼人は空をきつく抱きしめてきた。

「一人で頑張るなんて却下だ。空の人生は、もう空一人のものじゃない」

隼人の腕の中で、空は壊れたように涙を流した。

僕の人生は、僕だけのものじゃない?

「一緒に生きよう。楽しいことばっかりじゃないと思う。でも楽しいことの方が絶対多いって保証する」

合わさった胸郭から体温とともに隼人の力強い声が直に響いてくる。

「……っ」

何か言わなければと思うのに、嗚咽《おえつ》に飲み込まれて言葉にならなかった。

手を伸ばしていいのだろうか。この幸福に。

隼人の家族の顔が脳裏をよぎる。自分の気持ちに正直になることと、気持ちに背いて孤独を選ぶこと。そのどちらが正しい選択なのか、わからなくなる。

顔をあげると、間近に隼人の顔があった。自信に満ちた、でもどこか切なそうな顔。吐息が頬に触れ、唇を塞がれる。

甘い口づけに、また涙が眦《まなじり》を焼いた。

「……っ……」

言葉も舌もからめとられ、奪われる幸福に、身体の芯が甘くしびれる。

こんな甘美な幸福を享受《きょうじゅ》してしまったら、きっと自分は地獄に落ちると思った。

長い長い口づけをかわしながら、空の身体は徐々に背後に倒れ、隼人にのしかかられるような体勢になる。

隼人の唇が空の顎先《あごさき》から喉へと滑りおり、大きな手が脇腹を官能的に撫で上げる。

「ん……っ」

未知の感覚に怯《おび》え、思わず隼人の身体を押し返してしまう。

隼人は唇を離し、空の目を覗き込んできた。

「嫌？」

「……違います」

声は涙でしわがれていた。空は震える手を持ち上げ、おそるおそる隼人の背中にまわした。指先に、ぎゅっと力をこめる。

言葉ではうまく言えないから。これが答え。

離れない。隼人と一緒に生きていく。

それは正しく隼人に通じたようだった。再び唇が重なり、情熱的に唇を求められながら、シャツのボタンを外された。


誰かと肌を重ねるのは、空には初めての経験だった。

隼人も、同性とは初めてのはずだ。

この期《ご》に及《およ》んで、やっぱり無理だと言われる怖さが脳裏をよぎったが、そんな不安をすべて打ち消すように、隼人の唇と指が空を溶かしていく。

緊張が高まる部分、緩む部分。思わず身をよじりたくなるような場所。感じるところはすべて隼人の指先にインプットされ、くまなく愛される。

いつの間にか上半身はすべて脱がされていた。隼人は胸の突端の神経が凝縮したような場所を左手の指先でいじって空を身悶《みもだ》えさせながら、空の膝にわだかまっていたコットンパンツを下着ごと引き抜いた。

むきだしの下半身がすうすうして、それに反するように顔がほてった。空は手の甲で顔を隠しながら、小声で言った。

「あの、……無理だったら、遠慮なく言ってください」

「無理？」

「……男の身体なんて、やっぱ無理、とか、そういう……」

平らな胸をさまよっていた指が止まり、沈黙が部屋を支配する。

もしかして図星だった？　それとも空のしつこいほどの疑《うたぐ》り深《ぶか》さにうんざりした？

ふと、目の上にのせていた手を取られた。その手を、隼人のジーンズの前立てに導かれる。

「確かに無理かも。これ以上我慢すんのは」

デニムの硬い生地が張りつめていて、隼人も昂《たかぶ》っていることを教えられる。指を押し返してくるその感触に、空は突然目が回るような欲情を覚えた。

セックスなんてしたこともない。やり方もわからない。それなのに、まるで喉の渇きのように襲ってくる感覚に煽《あお》られ、勝手に息があがった。

「……触っても、いいですか？」

空が官能に震える声で言うと、隼人は微笑んで、自らも服を脱いだ。大胆な懇願をしておきながら、いざ隼人の裸身を目にすると、視線のやり場に困ってうろたえた。どこもかしこも空とは比べ物にならない、たくましい男の身体。

その重みと体温が覆いかぶさってくると、欲情の渇きはさらに増した。

隼人がためらいもなく空のものに指を絡めてくるので、空もその動きを真似るようにおずおずと隼人に触れた。

「あ、あ……っ」

壁の薄いアパートで、大きな声を出すまいと唇を嚙みしめていたのに、気付けば雨漏りみたいに声がこぼれ出している。

お互いの興奮を確かめあう行為は、脳が爛《ただ》れるような快楽をもたらした。

空のたどたどしい愛撫とは裏腹に、空を煽る隼人の指は大胆で迷いがない。あっという間に追い詰められて、空は背筋をのけぞらせた。

「や、イっちゃう……」

「もう?」

「だって、我慢できない……っ、あ……」

上から空を覗き込む隼人の顔に、慈しむような笑みが浮かぶ。

「いいよ、ほら」

「……っ、や、あ……!」

何をどうしていいのかわからず、最後は煽り立てる隼人の手に、自ら腰を振って興奮を押し付けて達した。

間欠的に欲情が迸《ほとばし》る感覚に背筋が震えてしなる。

恋人の手に導かれる、初めての感覚。

快感と羞恥《しゅうち》に神経をあぶり焼かれながら、吐精してもなお渇きは収まらなかった。

空が放ったものでぬめる指を、隼人がさらに奥の方へと滑らせる。

「ここでしてもいい？　怖い？」

訊ねてくる隼人の声は、いつもより低く官能的に響いた。

本能が、渇きを癒すすべを教えてくれる。

「……怖いけど、欲しいです、すごく、欲しい」

自分の中に、こんな貪欲で貪婪《どんらん》な感覚が眠っていたなんて、知らなかった。隼人が欲しい。大好きな人の、心も、身体も、全部、なにもかも。早く満たしてほしくて、喉がからからになっていく。

「そんな顔されたら、視線だけでイっちゃいそう」

隼人は苦笑いしながら、空の身体をそっと裏返した。

這うようにして、腰だけ手繰《たぐ》り寄《よ》せられながら、激しい欲情と羞恥がせめぎあう。

後ろのすぼまりにぬめりをなすりつけるように、やさしくゆっくりと隼人の指が動く。

自分で欲しいと言っておきながら、最初は怖さと恥ずかしさが勝った。ひどく欲情して、あられもない格好をして、変な声をあげている自分が言いようもなく恥ずかしかったし、緊張で強張った身体は髪の毛一本の侵入さえ拒むようにひきつり、こんなところで繋がれるなんて思った自分の本能はイカレていると思った。

空の中で複雑にせめぎあう感覚や情動を知ってか、隼人は空の肩甲骨《けんこうこつ》に唇を滑らせながら、低く甘い声で囁く。

「夢みたい、って陳腐な表現だなって思うけど、そうとしか表現できないことってあるんだな」

「や……」

「空が、俺の前で無防備にこんなふうに全部見せてくれるなんて、夢みたいだ。すげえ興奮する」

「うぁ、っ……んっ」

睦言《むつごと》を囁かれながら辛抱強くいじられるうちに、一度達した場所がまた芯を持ち始め、髪の毛一本入らないと思っていたところが、徐々に弛緩していく。

それでも隼人は強引なことはせず、空の性器をやさしくあやしながら、後ろの入り口を少しずつ濡らしていく。

たっぷりと時間をかけて解されていくうちに、またあの目のくらむような欲情が、羞恥を凌駕《りょうが》し、怖さよりも、満たされたい気持ちで溢れかえる。

もう大丈夫だからと何度も訴えたが、隼人は慎重すぎるくらい念入りに空の身体をあやす。その行為自体に耽溺《たんでき》し、楽しんでいるようだった。

丁寧すぎる愛撫に、空は再度一人で前を濡らし、快楽に身悶えた。

ようやく隼人のものが与えられたときには、欲しい気持ちでぱんぱんで、恐怖も痛みも感じなかった。

圧迫感と共に身体を開かれる感覚は、空の理性をすべて吹き飛ばした。

「あ……やっ、あ、あ……んっ……っ」

声を殺すことも忘れ、背筋を震わせる。隼人と繋がっている場所の摩擦が生むしびれるような愉悦以外、すべての感覚がなくなったような浮遊感。

味わったこともない快楽を、どうやって逃したらいいのかわからなくて、空は爪をたてて啜《すす》り泣《な》いた。

「やっ……やぁ……っ」

「大丈夫？　つらい？」

隼人が何かに耐えるような声で、気遣わしげに訊ねてくる。

空は甘い喘《あえ》ぎをまき散らしながらがくがく頷いた。

「……っ気持ちよすぎて、またイっちゃいそうで、つらい、です」

背後で隼人が息をつめた気配がした。

「……そんなこと言われたら、こっちがヤバいって」

壊れるほど激しく突き立てられていき果てたいけれど、簡単に終わってほしくない。

そんなややこしい思いが伝わったのか、隼人は空の中で動きを止めて、インターバルを置くように深い息を吐いた。

こうしていることが夢みたいで、空はうわごとめいた呟きをこぼす。

「隼人さんと、ひとつになれて嬉しい……」

呟いたらわずかに理性が戻り、また恥ずかしくなる。

「ひとつになるっていうのも、陳腐、です、よね」

「こういうときの気持ちって、言葉を超えるよな。無理に言葉にしようとすると、陳腐な表現しか浮かばなくて歯がゆいよ。空のこと、すげえ好きとか、大事にするとか、いっそ食べちゃいたいとか」

「……食べられたいです」

「空」

感極まったように名前を呼んで、隼人は空の左右の肩甲骨の間に口づけを落とした。背筋から繋がった場所まで一直線にしびれるような快感が貫き、空は身をよじって喘いだ。

「あ、あ……」

「俺も空とひとつになれて死ぬほど嬉しい。空のことが好きすぎて、めちゃくちゃにしちゃいそうだよ」

恋情と欲情が絡みあい、空は掠れた声で懇願した。

「……っ、もっと、めちゃくちゃに、して」

隼人が息を詰めた気配が伝わってきた。

「……あーあ。後悔しても知らないぞ」

その直後、強引に隼人のものが引き抜かれる感覚に、空は悲鳴に近い喘ぎ声をあげた。

隼人の手が空の肩にかかり、そっと仰向けに返された。

「空がめちゃくちゃになるとこ見たいから、こっち向きでさせて」

「あ……っ」

一度隼人のかたちを覚えた場所は柔らかく潤み、さっきよりもたやすく隼人を受け入れた。

快楽と羞恥にだらしなく歪んでいるであろう自分の顔を見られるのはいたたまれなかったけれど、隼人の顔を見ることができるのは嬉しかった。自分を穿《うが》つ隼人の瞳が、官能に甘く緩んでいるのを見ると、それだけでまた極めてしまいそうなくらい気持ちも身体も昂った。

求められる幸福に身体は敏感に反応し、それに煽られるように隼人の動きが少しずつ大胆にな

っていく。

隼人の汗がぽたりと胸の上に滴《したた》る刺激にさえ空はその身を震わせ、喉から迸りそうになる悲鳴に近い喘ぎを必死で噛み殺した。

「んっ、ん……っ」

空、空、と隼人が何度も名前を呼んでくれるのが嬉しくて、空は隼人に縋《すが》りつく。

内側をこすりたてる動きが激しくなり、空は髪を振り乱して甘い泣き声をあげた。

「やっ、あ……あ……」

「……っ後悔した？　してもやめてやれそうにないんだけど」

隼人の声はいつもより低く、その表情もどこか切羽詰まっていて、空はもっと感じてしまう。

「後悔、なんか、してません。すごい幸せで、今、この瞬間に、世界が終わればいいのにって……」

いつも失うことを恐れ、幸せの絶頂が不安でならない空の無意識を読んだように、隼人は快楽に眉根を寄せながらも冗談めかしてきた。

「今世界が終わったら、俺は激しく後悔する。まだ一回もイってない」

「ふ……っ！」

つられて笑いかけたら隼人を締めつけてしまい、そのせいで隼人をダイレクトに意識して、自分もひどく感じてしまう。

「あ、あっ……ん……」

「世界が終わるまでに、あと一万回は空とこうしなきゃ」

冗談みたいなことを大真面目な声で言って、隼人は空を、天国と見まがう高みに連れていってくれたのだった。


額にひやりとした手のひらが触れて、空はまどろみから醒めた。

窓の外はもう薄明るい。隼人が、布団の横に座って心配そうな顔で空を覗き込んでいた。

「熱がある。無茶させすぎたな」

空は夢と現実の境目があいまいなまま、目をしばたたいて隼人を見上げた。

徐々に「無茶」の詳細を思い出す。

朝日のもとで昨夜の自分の痴態《ちたい》を思い出すと、穴を掘って埋まってしまいたい気分になった。

だが身体が重くて、とても穴を掘るだけの体力がなかった。

「今になって、後悔してる？」

隼人が苦笑いで訊ねてくる。空は自分のものではないような重たい手をやっと持ち上げ、額に置かれた隼人の手に重ねた。厚みのあるひんやりとした手が気持ちよかった。

「……隼人さんこそ」

「これが後悔してる顔に見えるか」

唇の片端をあげて、不敵に笑ってみせる。

「でも、反省はすごくしてる。ごめん、昨日いきなりあんなことするつもりじゃなかった。我慢できなくて、暴走した」

暴走させたのは自分だと思うと、申し訳ないような得意でたまらないような、くすぐったい幸福感に全身が満たされた。

「まだ夢みたい」

「熱のせいで、ぼんやりしてるんだろ」

「……ホントに夢みたいに幸せでした」

隼人は眉根を寄せて叱るように言った。

「そうやって過去形でしゃべるの禁止な」

「すみません、今のは無意識で……」

「現在進行形で思い知らせてやろうかな」

からかうようにTシャツの上から脇腹を逆撫でされて、空は弱々しく身をよじった。

「無理です、死んじゃう」

「冗談だよ」

隼人は笑って、腕時計に視線を落とした。

「ここでもうちょっとイチャついていたいんだけど、仕入れと仕込みがあるから戻らなきゃならないんだ。タクシーを呼んでもいいかな」

徒歩と電車では間に合わないほどの時間まで隼人を引き留めてしまったのかと、空は焦って上半身を起こした。

「すみません、もうそんな時間ですか？」

「え？」

「違うよ。空を一緒に連れ帰るために、ってこと」

「結構熱あるし、一人で置いておくのは心配だから」

「そんな。僕は全然大丈夫です。このところ気を張ってて、多分知恵熱みたいなものだから」

「でも原因の一端が俺の暴挙にあるのは明らかだ」

「そんなことないです。今日は大学も休むし、バイトのシフトもない日だから、一日寝てれば治ります」

「俺の目の届くところで寝てて」

そう言って、隼人はタクシーを呼ぶために携帯を取り出した。

やさしい心遣いにときめきながらも、隼人と身体を重ねた朝に、その家族と顔を合わせるのは腰が引けた。

言葉にならない空の不安に気付いてか、隼人は携帯を操る手を止め、顔をあげた。

「あのさ、俺は空とのことを、ちゃんと家族に話すつもりでいる」

空は隼人の目をまっすぐに見つめ返した。胸がぎゅっと痛くなる。家族はショックを受けるだろう。そのことで空も傷つく。

でも、昨夜、自分から隼人に手を伸ばしたのだ。それらすべてを受け入れる覚悟を決めて。

空が硬い表情で頷いてみせると、隼人はふっと表情を緩めた。

「だけどそれは今日じゃない。そんなふらふらの空に、しんどい思いをさせたりしないよ。いろいろ落ち着いてから、ちゃんと話す。だから今日は、俺の部屋で一日寝てて。家族には、そっとしておくように言っておくから、空は何も気にしなくていい」

仕事のために急いで帰らなければならない隼人に、行く行かないの言い争いで無駄な時間を使わせるわけにもいかず、空は結局、隼人が呼んだタクシーに同乗するはめになった。

熱のせいか、生まれて初めての行為の疲労感からか、足元がふわふわと覚束《おぼつか》なかった。

たった半月のご無沙汰なのに、あかね亭のトリコロールののれんがとても懐かしく見え、さまざまな思いが去来して胸がひりひりした。

隼人は空の手を引いて、勝手口の方へと誘《いざな》う。空が足を止めると、その手がリードのようにぴんと引っ張られた。

「空?」

「……やっぱり帰ります」

「え?」

「今日は無理です」

「無理って」

朝日に照らされた、古いけれど清潔な店のたたずまいを眺めていたら、身体のあちこちにうずくように残っている情事の痕跡がたまらなくいたたまれなくなってきた。

隼人を諦《あきら》めないことは、昨夜固く誓ったし、その気持ちに揺るぎはないけれど、頭の中で考えることと、現実に直面して思うこととはやっぱり違う。古風な言い方をするならば、堤家《つつみけ》の敷居をまたぐ勇気が一気に萎《な》えた。

申し訳ない。恥ずかしい。大好きな人たちを裏切りたくない。嫌われたくない。でも、もう裏切ってしまっている。

それでも隼人が大好きで、きっと今反対されても、諦められないだろう。

「ごめんな。空の立場になれば、確かにいたたまれないよな。けど、心配いらないから」

「あの、出直してきます。こんなヨレヨレじゃなくて、頭がまともに働くときに、きちんと隼人さんのご家族に謝りたいんです」

隼人はちょっと怖い顔になった。

「空が謝ることなんか、なにひとつねえよ」

一歩後ろに下がろうとしたら、足がもつれて身体がよろけた。隼人の手が、素早く空を支える。

「そんなふらふらなのに、帰せるわけないだろ。とにかく上で横になってろ」

往生際が悪いとは思うが、足は路地のアスファルトに張りついたように動かない。

隼人はひとつ息を吐くと、空の腰をぐいっと抱き寄せた。

「これからずっと一緒だって約束したのに、一晩で忘れたのかよ。ちゃんと思い出してくれなきゃ困る」

人気《ひとけ》がないとはいえ、燦々《さんさん》と朝日が降り注ぐ路地で、隼人は唇を重ねてきた。空は驚いて目を見開く。

「んーっ」

喉声でうめいて隼人の身体を押し返すが、隼人は思い知らせてやるとばかりに、唇を奪い続ける。

その肩を両手でバシバシ叩きながらも、徐々に身体も心も甘く蕩《とろ》けて、戦意喪失してくる。隼人の愛情の深さをこうして実感させられると、凹《へこ》みかけていた勇気が徐々に戻ってくる。

そのとき、ふいに勝手口のドアが開いた。唇を奪われたまま、隼人の肩越しにかなえが目を瞠《みは》っているのが見えた。

焦って隼人の肩を押し返して身体を離そうとしたが、背後の物音に気付いた隼人が拘束する手を緩めていたため、空は自分の手の力によって思いのほか後ろによろけ、積まれていたビールケースの山に背中をぶつけて転倒した。

「ちょっと隼人！　なんてことをっ」

パン、と乾いた音が響く。

「いってー」

かなえに容赦ない平手打ちを浴びせられた隼人が、顔をしかめてうめき声をあげる。

「大丈夫？　怪我《けが》しなかった？」

出勤するところだったらしいかなえは空に駆け寄り、白いアンクルパンツが汚れるのも構わず地面に膝をついて、心配そうに顔を覗き込んできた。

「大丈夫です、全然」

空は混乱しながら、頭の中で状況を整理する。空が派手に転倒したせいで、かなえは何か暴力的な揉め事が起こっていたと、誤解したのだろう。

状況を説明しなければとかなえに向き直った空は、かなえの見開かれた目が、自分の臍《へそ》のあたりを凝視しているのに気付いて、その視線の先を追う。

転んだ拍子にめくれ上がったシャツの下の素肌に、昨夜隼人の唇に吸われた跡が小さな痣《あざ》になって点々と残っていた。

空は慌ててシャツを引き下ろした。

「空」

助け起こしに来た隼人を、「近寄らないで！」とかなえが鋭い声で牽制《けんせい》する。

「昨夜は出かけたきり帰ってこないし、どこで何をしてたのかと思ったら」

かなえは激昂《げっこう》したように言い、勝手口に向かって大声を出した。

「お父さん！　来て！　大変なの、隼人が……」

言い終わらないうちに、昭介《しょうすけ》が新聞を摑んだまま裸足《はだし》で飛び出してきた。

「いったいなんの騒ぎだ」

「隼人が空ちゃんに酷いことして……」

「酷いこと？」

「ゴーカンし」

「してねーよ！」

「されてないです！」

隼人と空の声がハモる。

かなえは隼人を睨みつけた。

「私だってあなたがそんなことする子だなんて夢にも思ったことなかったわ。だけど勝手口の方からうめき声と抵抗するような物音がして、なんだろうって思って覗いてみたら、嫌がる空ちゃんに隼人がキスして、揉み合いになってたのよ！」

空はめまいがしてきて、その場に昏倒《こんとう》しそうになった。いや、いっそしてしまいたかった。

「あの、かなえさん、誤解です」

「誤解じゃないわよ。お父さん、これ見てよ」

かなえが空のシャツをめくりあげ、点々と散った鬱血《うっけつ》を昭介に見せつけた。

「やめろよ」

隼人が割って入って空のシャツを戻すと、かなえはその手を摑んで空から引きはがす。

「空ちゃんに触らないで」

わが子を暴漢から守る母親のような顔で言うかなえに、

「だから誤解なんだって」

隼人も声を荒らげて言い返す。

空は二人の間でおろおろとなった。

「こんなところで騒いでいてもなんだから、とにかく中に入りなさい」

昭介に促され、もはや逃れるすべもなく、空は家の中へと招き入れられる。幸い子供たちは登校したあとだった。

ただでさえ体調がおかしかったところにもってきて、思いがけない展開に驚いて膝ががくがくになってしまい、空は敷居に躓《つまず》いてへたりこんだ。

「空ちゃん？　大丈夫⁉」

「大丈夫です、ホントになんでもないですから。お出かけの忙しい時間にすみません。気にしないで会社に行ってください」

「会社どころじゃないわよ。立てる？　お水飲む？」

かなえのガードに阻まれて手を出せない隼人が、大きなため息をつき、空に視線を向けてきた。

「ごめん、空。今日は言わないつもりだったけど、この状況で黙ってるわけにもいかないから」

片手で拝むように謝ってみせる隼人に、空は動揺で胸をばくばくさせながらも小さく頷いてみせた。こんなとんでもない誤解で、隼人を悪者にするわけにはいかない。

隼人はかなえに向き直って言った。

「つきあってるんだ、俺たち」

「え？」

かなえは一瞬意味がわからないというように隼人を見、空を見た。それから再び隼人に視線を戻す。

「つきあうって、……恋愛関係っていう意味？」

「うん」

「……それっていつから？」

「結構前からだけど、ちょっといろいろあって、少し距離を置いてたんだ」

「純真無垢《じゅんしんむく》な空ちゃんに変なことして、距離を置かれたんでしょう」

「違うって。変なことしたのはゆうべが初めてだよ」

もはや開き直ったのかあっさり暴露する隼人に、空は顔が一気に熱くなるのを感じて身を縮めた。

かなえは目を細めて、隼人を睥睨《へいげい》する。

「初めてでどんだけ盛り上がっちゃったのか知らないけど、空ちゃんふらふらじゃないの。世の中みんなが隼人みたいに底なしの体力ってわけじゃないんだから、少しは加減を考えなさいよ」

おかしな方向に心配されて、空は本当に顔から発火しそうだった。

「だいたい、本当に合意の上なの？　さっきだって空ちゃんは嫌がってたみたいじゃないの」

「違うんです」

正座した膝の上で汗で滑る拳を握り直して、空は弱々しく会話に割って入った。

「僕が先に、好きになったんです。隼人さんは絆《ほだ》されただけで……」

隼人は空を睨んできた。

「絆されたとか言ってんじゃねえよ。俺の方がよっぽど空のこと好きだって言ってるだろう」

声を荒らげる隼人の膝を、かなえがぴしゃっと叩いた。

「なにすごんでるのよ。っていうか身内の前でなにを堂々とのろけてるのよ」

隼人はやれやれという顔で肩を竦めた。

「だってもう、あんなとこ見られたら開き直るしかないじゃん」

「びっくりしたわよ、ホントに」

はぁーとため息をつくかなえに、

「申し訳ありません」

空は深く頭《こうべ》を垂れて謝った。

「え？　なんで空ちゃんが謝るの？」

「……かなえさんが隼人さんの幸せをどれだけ願ってるか知ってたのに……」

一度は家族の幸せのために身を引こうとして、でもできなかった。家族を傷つけてでも、隼人への恋情を選んでしまった。どんな言葉で罵られても、空には返す言葉がない。

かなえがふわっと微笑んだ。

「じゃ、私は空ちゃんに感謝しなくちゃ」

「え?」

意外な言葉に空は目を丸くする。

「どうよ、隼人ののろけっぷり。空ちゃんのおかげで、随分《ずいぶん》幸せにしてもらってるみたいじゃないの」

「だけど、僕は男で……。かなえさんが願っていたような幸せとは程遠いと思います」

「そうね。私が思い描いてた展開とはまったく違ってたかな」

やはり落胆させてしまったのだと胸が塞ぐ。だが、かなえは明るい声で続けた。

「だってまさか、こんな選択肢があるなんて、思いもしなかったから。こういうのがアリだって知ってたら、隼人に街コンを勧めたり、余計なお世話を焼いたりしなかったわ。だって空ちゃんが隼人のお嫁さんになってくれるなんて!」

「え、あの……」

「あ、お嫁さんってことはないか。お婿《むこ》さん? それも違うか」

ぶつぶつ言いながら考え込んだあと、かなえはぱぁっと笑った。

「まあいいわ。とにかく、空ちゃんがうちの家族になってくれるなんて、思ってもいなかったから、なんかじわじわ感動がこみあげてきたわ。隼人、グッジョブ！」

「……いきなりひっぱたいたくせに、なんなんだよ」

そう返す言葉とは裏腹に、隼人も笑っていた。

「家族……？」

空が思わず呟くと、かなえが「え」と不安そうに眉根を寄せた。

「隼人とつきあっていくってことは、私たちと家族になってくれるってことじゃないの？　それともうるさい舅《しゅうと》、小姑《こじゅうと》とは縁を切って、二人の世界を築きたい？　まあ、二人とも大人だし、私にそれを止める権利はないけど」

寂しそうに言いよどまれて、空は慌ててかぶりを振った。

「そんな、僕は、」

言葉より先に涙が転がり落ちて、空は慌ててパーカの袖で目元を拭った。

「大丈夫か？」

隼人がなだめるように背中をさすってくれる。自制のきかない涙がもどかしくて恥ずかしくて、空は嗚咽を飲み込みながら言い訳する。

「……隼人さんの前だと泣いてばっかだけど、ホントはこんなじゃないんです。今まで、人前で泣いたことなんかなかったのに、最近ちょっと変で……」

「泣くのは悪いことじゃないわよ。心の健康のためにも必要なことなの」

かなえがバッグからきれいなハンカチを出して、空の目元を押さえてくれた。

「かなえさんに、家族って言ってもらえて、すごく嬉しくて……」

「前から思ってたわ。隼人との関係なんて全然知らなかったけど、いつも子供たちと仲良くしてくれる空ちゃんのこと、家族みたいって」

空は肩を震わせて泣いた。

「やだ、移っちゃうよ」

かなえは目じりをこすりながら、泣き笑いしている。

「こんないい子を泣かせて、ちゃんと責任とりなさいよ」

かなえは隼人をねめつけた。

「泣かせてるのは姉貴だろう」

隼人が苦笑いで返す。

「とにかく、一生かけて大事にするのよ」

「言われなくても当然。つか空、そんなに泣いたら目玉が溶ける」

そう言われても止まらない。愛されることは、こんなにも胸揺さぶられることなのか。

「ひとまずお茶でも飲まないか」

姿を消していた昭介が、急須と湯飲みの載った盆とポットを持ってふらりと居間に入ってきた。

「お父さん、今の話聞いてた？」

かなえが声をかけると、昭介は茶筒から急須に茶葉を振り入れながら照れたように笑った。

「北爪《きたづめ》くんを隼人に引きあわせたキューピッドが私だと思うと、ちょっと誇らしいな」

そんな言葉で、昭介は隼人との関係を肯定してくれた。

「父さんも姉貴も、絶対認めてくれる確信はあったけど、ここまでスムーズにいくとは思わなかった」

空の背中を撫でながら、隼人が拍子抜けしたように言う。

「だって私たち所詮《しょせん》は他人じゃない」

あっけらかんとすごいことを言って、「いい意味でね」とかなえが笑う。

「血の繋がりなんかなくても、家族になれるって、身をもって知ってる。肉親じゃないからこそ、客観的に幸せを祈れるってこともあるわ」

「そうだな。まあ仲良くやりなさい」

そう言って昭介は空の前に湯飲みを置いてくれた。

感謝と幸福で胸が詰まり、「ありがとうございます」と呟いた空の声は涙でかすれていた。

店からは鍋がぶつかる音や、包丁がまな板を叩く音が心地よく響いていた。ふすまを隔《へだ》てた隣の部屋からは、昭介がパソコンのキーボードを叩く音がする。

隼人の部屋で休ませてもらうはずだったのに『そんなところに隔離したら、隼人がこっそり変なことして体力をますます奪うから』などと冗談を言って、かなえが居間に客用布団を広げてくれた。

こんなところで眠れるはずがないと思ったのに、かなえが出社したあと、懐かしい生活音をBGMに空は堤家の居間でうとうととまどろんだ。時々昭介が様子を見に来てくれ、昼の営業が終わったあと、隼人が美味しい雑炊を作ってくれた。

夕方からの開店の準備で隼人がまた店の仕事に戻り、再びまどろむ空の耳に、勝手口の開く音と、カン高い声が響いてきた。

「この靴、お客さん？」

「違うよ、これ、空ちゃんの」

「うそ、空ちゃん？」

バタバタと廊下を走る二組の足音を聞いているうちに、はっきりと覚醒した空の目はもう潤み始めていた。

「空は熱があって休んでるから、静かにな」

店から隼人が声をかけるのと同時に、エネルギーの塊《かたまり》が飛びついてくる。

「空ちゃん！　もう来てくれないのかと思った」

「具合悪いの？　大丈夫？」

口々に言いながら触れてくるひなたと佑太《ゆうた》に笑いかけようとするのに、壊れた涙腺からまた涙が溢れ出す。

「……二人に教えてもらった幸せのおまじない、ちゃんと実行してたよ。お風呂のお湯に指でハートマークを描いたり、校門を入るときには右足から入ったり……」

声を詰まらせる空の肩を、店から回り込んできた隼人が励ますように抱いてくれた。

「大丈夫？」

「……大丈夫です」

声を詰まらせる空を、子供たちが心配そうに覗き込んでくる。

「空ちゃんどうしたの？」

「なんで泣いてるの？」

「久々にひなたと佑太に会えて、嬉しいんだって」

代弁してくれた隼人の胸に額をすりつけて、空は何度も頷いた。

「ひなも空ちゃんに会えてすっごく嬉しい！　あのね、新しいおまじないを教えてあげる。元気が出るおまじないがあるんだよ！」

「オレの消しカスそうめん、特別に空ちゃんにあげるよ！　今、クラスで一番長いんだから！」

二人が精いっぱい元気づけようとしてくれるのが嬉しくて、空は泣き笑いした。

いつか自分の存在が、間接的にひなたと佑太を傷つけてしまうことだってあるかもしれない。

でも、それを上回る気持ちを返せるように、きちんと前を向いて生きていきたいと、強く思った。

大好きな人と一緒に。

大好きな家族に寄り添って。

POSTSCRIPT

KEI TSUKIMURA

こんにちは。もしくははじめまして。

お手にとってくださって、ありがとうございます。

SHYノベルス様のお仲間に加えていただいてから丸一年がたち、こうしてまた新しい本を出して頂けること、とても嬉しいです。

これが三冊目のノベルスとなりますが、今回も大変緊張しています。こいつ毎回同じことを書いて文字数稼ぎをしていると思われそうですが、まったくその通りです。（はっ）

いや、その通りではあるのですが、緊張して何を書いたらいいのかわからないのもまた本当のことなのです。

小説を書くことと、それにまつわる仕事に関して、慣れるということがまったくなく、担当さんとの打ち合わせではいつも緊張して服がびしょ濡れになるほど冷や汗をかき、あとがきの書き方がわからずにおろおろ歩き、みんなにでくのぼうと呼ばれ、本屋さんに自分の本が並んでいるのを見ると、夢ではないのかと目を疑い、心拍数が通常の倍くらいに跳ね上がって息苦しくなります。

常にどきどきして気が休まらないので、自分の性格には本当に手を焼いていますが、無理矢理ポジティブに言い換えれば、いつも新鮮な気持ちでいられてありがたい性格なのかもしれません。(……)

今回も新鮮な気持ちでわくわくしながら書きました。それなのに内容にまったく新鮮さがないのがアレですが、そこは馴染みの店で

SHY NOVELS

「マスター、いつものやつ」と注文するときのようなお気持ちで、寛いでいってください。

本当にすべてが無理矢理……。

今回は宮城とおこ先生がイラストをご担当くださいました。隼人の逞しい背中と、透明感あふれる美しいカラーに萌え死にそうです。

宮城先生、お忙しい中、素晴らしいイラストをありがとうございました。

担当様はじめ大洋図書の皆様、デザイナー様、製作販売に携わってくださったすべての皆様、今回も本当にありがとうございました。

ではでは、またお目にかかれますように。

月村奎

SHY NOVELS

家族になろうよ

SHY NOVELS327

月村 奎 著

KEI TSUKIMURA

ファンレターの宛先

〒101-0065 東京都千代田区西神田3-3-9大洋ビル3F
(株)大洋図書 SHY NOVELS編集部
「月村 奎先生」「宮城とおこ先生」係

皆様のお便りをお待ちしております。

初版第一刷2015年1月1日

発行者	山田章博
発行所	株式会社大洋図書 〒101-0065 東京都千代田区西神田3-3-9大洋ビル 電話 03-3263-2424(代表) 〒101-0065 東京都千代田区西神田3-3-9大洋ビル3F 電話 03-3556-1352(編集)
イラスト	宮城とおこ
デザイン	川谷デザイン
カラー印刷	大日本印刷株式会社
本文印刷	株式会社暁印刷
製本	株式会社暁印刷

ISBN978-4-8130-1295-5

SHY NOVELS
好評発売中

眠り王子《ひめ》にキスを

月村 奎
画・木下けい子

もう一生、恋はしないと決めていたのに——

木下けい子の描き下ろし番外編コミックス『赤ずきんちゃんの誘惑』も特別収録！

デリのオーナー兼シェフの堀篤史には、気になるお客がいた。人懐こい笑顔にスーツがよく似合うサラリーマンと思しき男だ。週に二回ほどやってくる彼とかわす会話が、最近の密かな楽しみだった。彼の人懐こい笑みを思い浮かべると胸の奥に小さな火が灯るのだ。でも、傷ついた過去の経験から、篤史はもう一生恋愛をしないと決めていた。それなのに、彼——宮村に料理を教えることになって!?
大人気コミックス『いつも王子様が♥』スピンオフ登場！

SHY NOVELS
好評発売中

片思いアライアンス

月村 奎

画・穂波ゆきね

大好きだけど、恋人になりたいけど、
片思いがいい――!?

一見、完璧な美貌を持つ王子様。
だけど、性格はいたって地味な、恋に臆病な男の子。
そんな彼が恋をして!?

家柄がよくて、ルックスが完璧な王子様。だけど、つきあってみると意外につまらない、期待はずれの男。その結果、いつもふられてしまう……　広瀬悠馬はそんな自分にうんざりしていた。だから、バイト先のカフェの店長・久保寺に恋をしたとき、気持ちを悟られてはいけないと決めていた。片思いなら、絶対に傷つくことはないはずだから。それなのに、久保寺から告白されて!?　好きだけど、嬉しいけど、でもつきあえない!!?

恋するクラゲ

かわい有美子

画・草間さかえ

僕はこう見えて肉食系なんだ

ハイスペックなのに非恋愛体質な残念なイケメン・天宮×外では完璧、私生活は子供っぽい美貌のコンシェルジュ・朧谷。雨が導く大人の恋♥

華やかな一流ホテルの裏方・企画課に勤める天宮の仕事は、コンシェルジュの依頼を受け、宿泊客の希望を叶えること。やりがいはあるが、美貌のチーフコンシェルジュ・朧谷からの注文は無理難題ばかりで、翻弄される毎日だった。けれど最初は完璧で冷たく見えた朧谷の素の可愛らしさに触れ、どんどん彼が気になる存在になり——。だが恋愛に熱など持ったことのない非恋愛体質の天宮は、アプローチの仕方も分からない。そんなとき遊び人の悪友が朧谷を狙っていると知り……!?